# 우리들은 없어지지 않았어

# 우리들은 없어지지 않았어

이병철 산문집

산지니

# 책머리에

매달 칼럼을 쓰고, 계절마다 서너 군데 문예지에 시와 비평을 발표하고 있지만 신선도가 떨어진다. 글쓰기가 즐거울 땐 생각이 활어처럼 이리저리 뛰는데, 요즘은 좁은 수조에 갇혀 배 뒤집으려는 생선처럼 맛이 가 있다. 실력 없이 요행으로 처신해온 밑천이 드러나고 있다. 복식호흡이나 두성을 배우지 않고도 노래 몇 곡 부를 수 있지만 더 부르면 성대 결절에 걸린다. 입력 없이 출력만 하면 고장 난다. 글쓰기가 힘에 부친다. 쓸 말이 없다. 세상사 무궁무진해 쓸 거리는 넘쳐나는데, 다들 그걸 쓰니까 말 보태기 민망하다. 독창도 개성도 없는 글을 한 편 더 세상에 내놓는 것은 언어공해가 분명하다. 말만큼 세상을 오염시키는 것도 없다.

말은 소통의 수단이 아니라 오히려 차단의 방식임을 자주 느낀다. 타인과의 소통이 목적이 아니라 그저 말하는 게 좋아서 말하는 사람들, 말하기 위해 말하는 사람들이 너무도 많다. 나도 그중 한 사람이다. 얼마 전, 식사 자리에서 사람들과 대화하는데, 말을 할수록 듣는 사람은 안중에 없고 오직 말하는 자신에게만 집중하는 나를 발견했다. 그때 내가 한 말들은 세상에 떠도는 말들과 별다를 바 없는 데다 주제를 이탈하기도 했다. 그럼에도 나는 말하는 자신에게 도취되어 계속 떠들었다. 어휘가 막막해 잠시 말을 멈췄다가 적당한 것이 튀어나오자 그 어려운 걸 해낸 나 자신이 대견하기까지 했다. 말하기와 글쓰기 모두 나르시시즘의 한 표출 형태다.

그래, 사실 나는 나 이외의 것에 별로 관심이 없다. 경주마처럼 시야가 좁고 생각이 단순한 것도 그 때문이다. 세상 돌아가는 일들이 나와는 무관하게 여겨질 때가 많다. 세상의 긍정적인 변화를 위해 내가 무언가 할 수 있다는 생각 자체를 잘 하지 않는다. 사회참여라는 말이 멋쩍고 어렵다. 인간으로서 마땅히 할 일만 하자는 주의다. 장기기증 서약을 한 것이나 아동센터에서 취약계층 아이들에게 동시 쓰기를 가르친 것 따위에 어떤 정의감이나 목적의식은 없었다. 타인에게 피해 입히지 않기, 공공질서 지키기, 나보다 약한 사람 돕기같이 당연한 일이라 용기 내거나 희생을 감수한 것 아니다.

남들이 열심히 경제활동해서 사회 생산성을 높일 동안, 자기를 희생하면서까지 사회참여에 힘써 세상을 변화시키는 동안 나는 골방에 틀어박혀 글만 썼다. 어떤 식으로든 세상에 별 도움은 안 됐다. 다만 내 무용함에 대해 항변하자면, 시라는 것을 절대적이고 항구적인 가치로 여겨 거기 몰두했다. 공고를 졸업하고 전문대에 들어가 처음 시를 쓸 때, 매일 빨간 줄이 그어진 종이를 붙잡고 문장을 고치고 또 고치면서 행복했다. 대학 졸업 후 어느 여름날엔가는 안성 금광저수지 변에 계신 은사께 시를 보여드리기 위해 주소도 모르면서 그 넓은 저수지를 한 바퀴 다 돌아 거의 탈진한 적도 있다. 은사께 칭찬 한마디 들으면 세상이 다 내 것 같고, 아직 오지 않은 생의 비극들마저 만만했다.

이십대의 대부분 날들을 시 쓰기에 바쳤다. 돈이 되지 않아도 행복했다. 나는 오솔길의 임금이었다. 그러나 서른 살이 되자, 돈이 되지 않는 시를 계속 붙잡을 수 없었다. 그래서 멀리 달아났다. 하지만 달아날수록 시는 더 강하게 나를 잡아당겼다. 돌아선 뒤통수에 쏟아지는 시의 따가운 눈총이 미안하고 괴로워 몹시 취해버린 밤도 많았다. 돈 잘 벌어도 시를 안 쓰니 불안했고, 돈 한 푼 못 벌어도 시 한 편 쓰면 영혼이 기쁨으로 충만했다.

그렇게 '나'와 '내 시'에만 집중한 십여 년, 나는 이기적이고 지극히 세계관이 협소한 언어들만 세상에 내놓아 왔다. 잘 쓴 시들도 아니라서 창피했다. 그러던 어느 날, 중앙대 대학원 은사이신 문학평론가 박철화 선생님께서 〈경북

매일신문〉 홍성식 기자에게 나를 소개해 지면을 얻어주셨다. 「3040 세상 돋보기」라는 꼭지인데, 사회 이슈들을 무겁지 않게 풀어내는 칼럼이었다. 2년 동안 100편의 글을 썼다. 아무 기대도 안 했는데, 글을 좋게 읽어주시는 분들이 꽤 계셨다. 덕분에 신나서 눈치 보지 않고 나 쓰고 싶은 대로 썼다. 그러다 〈경향신문〉에도 매달 글을 싣게 됐는데, 시골 촌부가 말단 벼슬 얻어 한양에 입성한 것 같은 '우쭐감'이 들었지만 겸손한 척했다.

매주 시의성 있는 글을 쓴다는 게 쉽지만은 않았다. 두 해를 이어온 〈경북매일신문〉 연재를 마치던 겨울 아침, 밤새 내린 눈이 세상을 하얗게 뒤덮은 풍경을 보며 청승맞게 울었다. 세상사와 타인에 오래 무심했던 것이 꽤 미안했던 모양이다. 부족한 글로나마 내 무용함을 조금 벗었다고 생각하니 가슴 벅찼는지도 모른다. 글쓰기를 통해 보다 성숙한 사람이 되었다는 성취감도 들고, 단 한 번도 원고 펑크를 내지 않은 내 자신이 자랑스럽기도 했다.

눈물은 각성으로 이어지는 법이라서, 나는 세상을 좀 더 멀리 보고, 둘러보고, 깊이 보자고 마음먹었다. 세상을 위해 내가 할 수 있는 일, 쓸 수 있는 글을 고민해보기로 했다. 말과 글은 공기 같은 것이어서 어디에나 있고 누구나 가질 수 있지만, 타인과 관계 맺기를 전제로 하는 언어행위라면 신중해야 한다. '말하기 전에, 글쓰기 전에 늘 생각하자. 말의 목적은 결국 인간에 대한 공감과 사랑이다.' 기왕이면 살리는 말, 보듬는 글, 어루만지는 문장, 치유하는 언어를 쓰자고, 그 겨울 아침부터 지금까지 내내 다짐만 하는 중이다.

〈경북매일신문〉과 〈경향신문〉에 쓴 120여 편의 글 중 절반쯤을 추려 묶었다. 못난 제자를 아끼신 박철화 선생님의 배려와 〈경북매일신문〉 홍성식 기자의 너그러움이 없었다면 지금 이 책도 없었을 것이다. 두 분께 먼저 감사를 표하고 싶다. 〈경향신문〉 오피니언팀을 차례로 맡으신 김재중, 김석 두 분의 전 팀장님과 현 박주연 팀장님께도 감사의 마음을 전한다. 정론지의 한 지면을 나 같은 얼치기에게 내어주기까지 감당해야 할 어려움이 많으셨을 줄 안다. 한양대 국문과 박사과정 은사이신 유성호 교수님의 늘봄 같은 격려와 사랑은 나를 글 쓰는 사람으로 계속 살게 하는 힘이다. 교수님께는 늘 죄송하고 감사할 따름이다. 막무가내로 보낸 원고뭉치를 어여삐(혹은 가엽게) 여겨 근사한 책으로 만들어주신 산지니 강수걸 대표님과 에디터 윤은미님께도 깊이 감사드린다. 그리고, 부족한 글을 따뜻한 눈빛으로 읽어주신 독자들께 머리 숙여 인사드린다. 글머리에 글이 안 써진다고 징징거렸지만, 읽어주시는 분들이 계시는 한 나는 쓰고 또 쓰고 계속 쓸 것이다.

먼저 낸 산문집을 "존경하는 아버지께 바친다"고 해서 엄마가 섭섭했을 것이다. 이 책은 평생 고생했으나 평생 자애롭기만 한, 사랑하는 엄마께 바친다.

2018년 늦가을,

남현동 예술인마을 반지하 원룸에서

# 차례

책머리에 5

1부
**반지하 원룸에서 읽은 세상**

제트기류의 나비효과 17
밸런타인데이의 추억 20
Come what may 23
몰라도 다 아는 사랑 26
눈물로 맞이한 봄 29
삶을 벼락처럼 바꾸는 만남 32
내일을 약속할 수 없는 세상 35
고독한 군중의 햄버거 38
에어컨 빼앗긴 방에도 가을은 오는가 41
존경 없는 명예는 한낱 멍에 44
〈효리네 민박〉을 보며 47
어서 와, 여기는 처음이지? 50
죽음을 이긴 사람들 53
최선을 다하겠습니다 56
지진도 흔들 수 없는 인간애 59
쥣값이 껌값이라서 62
너그러운 사회 65
배설의 말, 말, 말 68
이르쿠츠크에서 영등포행 버스를 타다 71
바이칼의 감동 74

2부

## 할 말 있습니다


'전해라'의 사회학 79

'불가역'을 생각하다 82

불편한 솔선수범 85

정치가 여행이라면 88

'백년 동안의 고독'과 총선 91

고등어는 억울하다 94

제주개와 흑돼지 97

공감능력 '제로'인 공직자들 100

나에게 나를 청탁한다 103

별이 쏟아지는 광장으로 가요 106

부정맥 정부 109

뼈를 깎는 아픔을 아는 지도자 112

국민을 안아주는 나라 115

택시운전사와 육군대장 부부 118

2030세대와 단일팀 121

고민하는 법, 질문하는 법 124

'MB 구속' 결과우선 시대의 종언 127

재벌과 동물의 왕국 130

젊은 꼰대 133

부디, 자유하시라 136

3부

## 밥 짓는 타자기

◑◕●


내 이름은 이병철 141

봄꽃은 간다 144

점수로 평가할 수 없는 삶 147

'원더풀 투나잇'과 일상의 기다림 150

만나면 좋은 친구, 좋지 아니한가 153

순돌아, 놀자! 156

미당 생각 159

인문학적 대화를 위한 제안 162

영진이의 자전거 165

할 수 있다 168

광부 화가 황재형 171

바깥과 너머를 사랑하는 사람 174

할머니의 추석 선물 177

책 읽기와 연애 180

타자라는 지옥, 나라는 지옥 183

밥 딜런과 찔레꽃 186

강백수, 청춘의 노래 189

일본과 처음 악수하다 192

Brava! 클라라 주미 강! 195

'도깨비' 가슴에 꽂힌 검 200

그립다, 그 시절 그 언어 203

나에게 남겨진 너의 의미 206

'100세 시대', 축복과 재앙 사이 209

우리들은 없어지지 않았어 212

# 1부

# 반지하 원룸에서 읽은 세상

# 제트기류의 나비효과

마침내 한파가 물러갔다. 기록적인 추위였다. 특히 제주도에는 무려 90년 만의 강추위와 32년 만의 폭설이 찾아왔다. "찾아왔다"고 하면 너무 친절한 느낌이고, "급습했다"가 더 어울릴 것 같다. 그렇다. 추위와 폭설은 제주도를 급습했다. 미처 대비하지 못한 시설과 사람들이 큰 피해를 입었다. 특히 제주공항과 여행객들이 무방비로 당했다. 이 과정에서 뜻밖의 일망타진(?)이 이뤄졌는데, 요즘 말로 '웃픈'(웃기고도 슬픈) 사례들이 사람들 입에 연일 오르내리고 있다.

월차 내고 여행 갔다가 폭설에 발이 묶여 나란히 출근 못한 남녀 사원들의 비밀 사내연애가 곳곳에서 들통났다고 한다. 들통난 비밀연애야 시원하게 인정하고 그간의 사정을 고하면 그만이다. 문제는 불륜과 '바람'이다. 출장 간다고 했던 남편이 뉴스 화면에 낯선 여인과 함께 등장했다. 등산모임에 다녀온다던 아내가 제주공항에서 젊은 남자와 같이 있는 걸 지인이 목격했다. SNS에 퍼진 실시간 제주공항 상황 사진 속에 내 남자친구가 왜 민경이랑 같이 있는지 모르겠다. 기도원에 부흥회 다녀온다던 여자친구는 하늘로 승천했는지 닷새째 돌아오지 않고 있다 등 온갖 사연들이 알려지면서 제주도는 '불륜 커플의 천국'이라는 오명을 뒤집어쓸 판이다.

여행은 달콤했을 것이다. 애월과 협재 겨울바다는 얼마나 아름다운가. 한라산과 성산일출봉은 장관이다. 테디베어 박물관이니 러브랜드니 아쿠아리움 같은 필수 데이트 코스도 빼놓을 수 없다. 제철 방어회와 흑도야지를 먹으며 "우리 이래도 괜찮을까?"라고 묻는 말에 "하늘이 두 쪽 나지 않는 한 절대 들킬 일 없다"고 대답했으리라. 그런데 그것이 현실로 나타났다. 하늘이 두 쪽 난 듯 폭설이 쏟아진 것이다.

북경의 나비가 날개를 펄럭이면 뉴욕에 폭우가 내린다는 나비효과가 떠오른다. 이번 한파와 폭설은 북반구 중고위도의 제트기류가 지구온난화로 약해지면서 북극의 찬바람을 밀어내지 못한 것이 원인이다. 제트기류의 약화가 한반도를 비롯한 세계 여러 곳에 한파를 불러일으켰다. 이는 과학적으로 증명된 사실이지만, 지구가 따뜻해지면 한국 어느 가정에 매서운 찬바람이 몰아친다는 건 새로운 이론이다. 학계의 주목까지는 차마 요청하지 못하겠다.

우주의 예측불허성, 이것은 카오스 이론(혼돈 이론)의 핵심 개념이다. 이쪽의 나비 날갯짓이 바다 건너 먼 나라에 비를 내린다는 걸 그 누가 예측할 수 있겠는가. 뉴스에서만 들었던 지구온난화가 이혼소송과 가정 파괴, 자녀들의 불행으로 이어질 줄은 꿈에도 몰랐을 것이다. 똑같은 힘으로 여러 번 종이를 구겨도 종이에 새겨지는 구김살의 문양은 제각각이다. 돌연한 사고로 삶이 송두리째 바뀐 사람들의 이야기를 자주 듣는다. 이 세계는 예측할 수 없는 우연과 불확실성, 혼돈으로 이뤄진 곳이다. 자꾸 확실하다고 말하는 사람, 무엇이든 금방 단정 짓는 사람, 쉽게 장담하고 확신하는 사람일수록 어리석은 자다.

바람피우다 제트기류에 얻어맞은 이들은 전혀 측은하지 않다. 입사 자축 여행을 갔다가 첫 출근을 하지 못한 신입사원의 사연이나 생애 첫 가족 여행이 가족 노숙이 되어버린 이웃의 이야기는 참으로 안타깝다. 며칠 전만 해도 여행의 즐거움을 누리며 제주 찬가를 부르더니 이제는 다시 안 간다며 제주를 저주하는 친구에게 변변한 위로의 말도 건네지 못했다. 어쩌겠나. 세상이 그렇고 인생이 그러한 것을. 단 몇 분 뒤도 예측할 수 없는 것이 인간의 삶이다.

2월 말에 나는 제트기류의 고향인 저 문제적 북반구, 노르웨이로 여행을 간다. 텐트와 침낭 메고 가 캠핑을 할 거다. 정말로 혼자 가기 때문에 자연의 정의구현에 까발려질 죄나 비밀은 없다. 다만 걱정되는 것은 예정된 계획들이 우연한 사건으로 인해 변경되는 사태다. 가난한 배낭여행자인 탓에 돈으로 어떻게 해볼 요령이 없어서다. 차라리 북극곰을 만나거나 바이킹족 여인과의 로맨스는 환영이다.*

* 2016년 1월, 제주도에 기록적인 폭설과 한파가 몰아쳤다. 대규모 항공기 결항 사태로 공항에 발이 묶인 관광객과 도민들이 불편을 겪었다.

# 밸런타인데이의 추억

상술이니 사대주의 풍속이니 해도 분명 유쾌한 이벤트이긴 하다. 올해도 내게는 어떠한 사건도 일어나지 않았지만, 괜찮다. 형형색색 초콜릿 상자를 쌓아둔 거리에서 어린 연인들이 자기 몸만 한 바구니를 들고 걷는 걸 보니 내 마음도 달짝지근했다.

나는 밸런타인데이와 화이트데이의 순기능을 긍정한다. 짝사랑이든 소위 '썸'이든 적당한 때에 마음을 고백해야 사랑이 이뤄지는 법이다. 이뤄지지 않더라도 관계가 명확해져서 헛심 쓸 일 없어지므로, 고백이란 남녀관계의 불가결 통과의례다. 이 '고백'에 들어가는 시간과 비용, 노력이 만만찮다. 레스토랑, 풍선, 촛불, 야경, 반지, 단기속성으로 배운 단 한 곡의 피아노 연주 등 고백의 최적 환경을 이루기 위한 여러 요소들을 간소화시켜주는 것이 초콜릿과 사탕이다. 알아서 로맨틱하고 알아서 들뜨는 날이다. 타이밍과 명분, 분위기까지 이미 조성되어 있으므로 이날만큼은 누구나 용기를 내볼 만하다.

초콜릿과 사탕을 핑계 삼아 건네진 수많은 고백들, 맺어진 연애들, 뼈아픈 거절들을 생각한다. 내게도 밸런타인데이와 화이트데이에 대한 추억이 있다. 초콜릿 하나 받지 못한 형제들을 위해 교회에서 일괄적으로 목에 걸어주던 ABC초콜릿 목걸이 이야기는 아니다.

땅을 친 후회는, 초등학교 6학년 때 우리 반 남자애들 모두가 좋아하던 여자애의 초콜릿 수신자로 간택되었다가 자격을 박탈당한 일이다. 친구들과 교실 청소를 하다가 그 애가 두고 간 비밀 일기장을 열어보았다. 거기 내 이름이 적혀 있었다. 입 다물고 있어야 했거늘, 소년들은 짓궂다. 2차 성징에 관한 내용, 짝사랑 이야기 따위를 우리만 아는 암호로 떠들다가 들통이 났다. 그 애는 엉엉 울었고, 그걸로 끝이었다.

사실 밸런타인데이는 언급하고 싶지 않다. 나는 받는 것보다 주는 것에 행복을 느낀다. 그러나 화이트데이 100일 전부터 매일 밤 막대사탕 하나씩 사서 만든 백 개짜리 사탕 꽃다발도 중3 소년의 사랑을 이뤄주진 못했다. 남대문시장에 가 미국 남부의 목가적 전원을 그린 영화에나 나올 법한 대형 피크닉 바구니를 사서 거기 사탕을 가득 채워 선물했지만 그녀는 다른 남자에게 시집갔다. 그건 스물세 살 때 일이다. 전기밥통에 쪄낸 빵에다 생크림과 젤리, 딸기 따위를 조악하게 얹어 만든 케이크를 준 적도 있다. 나라도 싫어했을 것 같다. 식구들만 괜히 찬밥 먹었다.

아아, 받기만 하고 떠난 여인들이여. 밸런타인데이와 화이트데이의 미덕은 '기브 앤 테이크'에 있다. "나는 초콜릿을 받았는데 왜 너에게는 명품백을 줘야 하느냐"는 일부 남성들의 볼멘소리도 있지만, 어쨌든 오는 게 있으면 가는 게 있는 공평한 시스템이 정체불명의 서양 기념일을 이 땅에 정착시킨 주요인이다.

그런데 밸런타인데이가 먼저인 게 남자인 나로서는 불만이다. 먼저 받는 쪽이 불리하다. 여자들은 초콜릿 선물을 하면 한 달 뒤를 기대할 수 있지만, 남자들은 사탕을 줘도 '소리 없는 아우성'이다. 요새 화이트데이 다음에 블랙데이니 뭐니 생겨났는데, 짜장면 따위 얻어먹긴 싫고, 빼빼로데이까지 기다리기엔 너무 외롭다. 그 사이에 그녀들은 사탕도 편지도 뜨거운 마음도 다 까먹는다.

쌀도 주고 약도 주고 친구 잔치에도 갔는데 사탕은커녕 미사일과 지뢰, 삐라 뭉텅이, 그리고 차가운 외면만이 돌아왔다. 너무한 거 아닌가. 그래서 줬던 선물 도로 뺏고, 실망했다며 크게 삐쳤다. 예전에 방영되던 한 음악방송 타이틀이 〈김정은의 초콜릿〉인데, 북쪽의 젊은 위원장은 '통일 대박' 로맨스에 관심 없는지 우라늄 초콜릿과 탄저균 사탕만 빨아먹고 있다.

얼마 전 중국에서 구애에 실패한 코끼리가 열다섯 대의 차를 때려 부쉈다. 그 심정 이해한다. 버려진 전기밥통 케이크를 보고 나도 동네 쓰레기통 몇 개 걷어찼다. 하지만 아무리 야멸치게 딱지 맞았을지언정 우리가 그 코끼리는 되지 말았으면 좋겠다.

# Come what may

가수 박정현과 뮤지컬 배우 홍광호가 함께 부른 〈Come what may〉 영상을 보는 일로 요즘 하루를 열고 닫는다. 영화 〈물랑루즈〉에서 니콜 키드먼과 이완 맥그리거가 부른 것보다 훨씬 낫다. 박정현이 디즈니 애니메이션의 공주를 연상케 한다면 홍광호는 왕자까지는 아니고 믿음직한 심복 또는 가난해도 꿈 크고 정직해 공주의 마음을 얻는 나무꾼 정도로 보인다. 한없이 다정한 눈빛으로 서로를 보며, 홍광호의 중저음으로 노래가 시작된다. 그걸 이어받은 박정현이 청아한 음색과 파워풀한 성량을 발휘할 때, 나는 이 세계가 얼마나 아름다운지 새삼 생각하게 된다. 둘이 한 목소리를 이뤄 때론 밀고 때론 붙잡으며, 하나가 잠시 물러났다가 다른 하나와 함께 날아오르며 바다에서 하늘까지, 달에서 태양까지, 여름에서 겨울까지를 오르내린다. 그걸 보고 들으면 가슴이 터질 것 같다.

노래의 클라이막스에 이르자 나무꾼이 손을 내민다. 공주가 그 손을 받아 두 사람은 서로의 체온을 꽉 잡은 채로 모든 격정을 다 쏟아낸다. 5분짜리 노래가 한 연인의 평생처럼 느껴진다. 마주 본 두 사람이 "I will love you, until my dying day" 영원히 변치 않는 사랑을 약속하면서 노래는 끝난다. 한 편의 웅장한 뮤지컬을 본 것 같은 감동이 나를 감싼다. 이럴 땐 우는 수밖에 없다.

노래를 마친 두 사람은 상기된 얼굴로 포옹하고 무대를 내려온다. 무대 위에서 영원을 약속하던 연인이, 신데렐라의 마법이 풀리듯 다시 선후배이자 동료로 돌아오는 데에는 그리 오래 걸리지 않는다. 무대의 불이 꺼지고, 관객들도 퇴장했는데 나만 아직도 나무꾼인 채로 박정현 공주를 애틋하게 그린다. 죽는 날까지 당신을 사랑하리다!

가수나 연기자들은 참 대단하다. 연기와 현실을 분리하기란 결코 쉬운 일이 아니다. 아무리 연기라지만 뜨거운 감정을 주고받다 보면 실제 사랑에 빠지게 될지 모른다. 박정현과 홍광호의 무대를 보면서, 저 둘이 사랑하게 되지 않는다면 그건 말도 안 된다고 생각했다. 어찌 사랑하지 않을 수 있단 말인가. 저토록 확신에 찬 두 눈에 세상 모든 별빛을 담아 서로를 바라보는데.

대학 때 직접 쓴 희곡을 가지고 극을 연출한 적이 있다. 배우들은 후배들이었다. 여주인공 역할을 맡은 후배가 연기를 잘했다. 고등학생이었는데 혼자 노래 부르는 장면에서 보석처럼 빛났다. 그 아이가 예쁘기도 했지만, 배역이 좋았다. 원래 지닌 매력이 배역과 어우러져 극대화됐다. 내 마음이 이상했다. 그 후배를 계속 극 중 역할로 생각하며 상사병을 앓았다. 영화 〈홀랜드 오퍼스〉에서 고등학교 음악 교사인 홀랜드가 자신이 지도하는 학생 로웨나에게 사랑의 감정을 느낀 것처럼 말이다. 영화에서 로웨나가 조지 거슈윈 곡 〈I got rhythm〉을 부르는 모습은 정말 사랑스럽다. 그 아이도 로웨나처럼 눈부셨다.

상대 연기자와 금방 사랑에 빠져버릴 나 같은 사람은 절대 배우도 가수도 되지 못한다. 극이 끝난 후에도 혼자 환상 속에 남아 고통받을 게 자명하다. 연예인은 아무나 할 수 있는 게 아니다. 무대와 무대 뒤, 극 중 세계와 현실을 분리할 줄 알아야 한다. 배역의 자아에 함몰되어선 안 된다.

그런데 가수도 배우도 아니면서 무대와 무대 뒤를 철저하게 분리하는 사람들이 있다. 판이 깔렸을 때는 무릎도 꿇고 구걸도 하고 호떡도 먹고 "여러분 사랑합니다" 외쳐대더니 무대의 불이 꺼지자마자 언제 그랬냐는 듯 원래의 '꼰대'로 되돌아갔다. 수많은 약속들과 마땅히 해야 할 일들이 벌써 무시되거나 폐기되고 있다. 국민들을 드라마에 빠져 현실도 분간 못하는 바보로 보면 안 된다. 국민들은 누가 제일 뛰어난 연기자인지 두 눈 부릅뜨고 볼 것이다. 부디 무대에서 한 약속들을 무대 아래에서 다 지켜주길 바란다. Come what may(무슨 일이 있더라도).

# 몰라도 다 아는 사랑

〈흐르는 강물처럼〉은 멋진 영화다. 눈부시던 시절의 브래드 피트가 몬태나를 흐르는 빅블랙풋강에 몸을 담근 채 플라이낚시를 하는 장면만으로도 낚시꾼인 내겐 인생 영화다. 아버지의 정형화된 낚시 방법을 거부하고 자신만의 창조적 기법으로 대형 무지개송어를 낚아낸 브래드 피트가 환하게 웃는 모습은 남자인 내가 봐도 아름답다.

하지만 영화에서 가장 기억에 남는 장면은 낚시가 아닌 목사 아버지의 생애 마지막 설교다. “이웃이 곤경에 처했을 때, 우리는 그를 돕겠다고 나섭니다. 하지만 어떻게 도와야 할지, 그가 무엇을 원하는지 모르는 경우가 대부분이지요. 때로는 원치 않는 도움을 주기도 합니다. 이처럼 서로 모르는 사람들과 살고 있습니다. 그러나 우리는 완벽히 이해하지 못해도 완전히 사랑할 수는 있습니다.”라는 영화 속 설교는, 내가 교회에서 들었던 그 어떤 말씀보다도 마음을 울렸다.

가까운 사이일수록 더 모른다. 가족, 연인, 친구라는 이름이 너무 두텁다. 이미 그 이름 안에서 많은 것들이 완성되었다고 믿어버리기가 쉽다. 항상 가까이에 있어 그 사이로 언제나 그늘이 지는 줄도 모르고, 다 안다는 침묵 속에서 얼마나 많은 외로움이 자라나는지도 모른 채 살아간다. 엄마 생일 선물을 고르다가 난감했던 적이 여러 번이다. 뭘 좋아하는지, 어떤 취향을 가졌는지 전혀 몰랐던 것이다.

아무것도 모르는 내게 〈흐르는 강물처럼〉은 위안을 준다. 그래, 모른다. 모르지만 사랑한다. 다들 그 모르는 만큼의 공백을 사랑으로 메꾸는가 보다. 그래서 사랑은 핑계이자 만능이다. 사랑은 앎을 전제로 하지 않는다. 몰라도 할 수 있고, 알고 하면 더 좋다. 영화 속 목사의 말을 나는 "기왕이면 알고 사랑하자" 정도로 받아들였다.

결코 알 수 없는 사람들을 완벽히 이해하면서 또 완전히 사랑하는 모습을 보았다. 세월호 참사 2주기 추모제에 유가족들 곁에 가만히 있어준 사람들 말이다. 유가족들을 어떻게 도와야 할지, 그들이 어떤 도움을 필요로 하는지 잘 모르지만, 그저 함께 있어주는 것만으로 모든 것을 알아준 이들이다. 혼자라는 생각이 들지 않게끔 어깨를 빌려주고, 애타게 외치는 소리가 무관심이라는 소음에 묻히지 않게끔 함께 목청 높여주었다. 몰라도 다 아는 사랑이 거기 있었다.

유가족은 오늘날 대한민국 사회에서 가장 외롭고 쓸쓸한 이들이다. 쨍쨍한 고통과 슬픔의 자리에 방치된 이들, 대낮 같은 수치와 모욕, 멸시와 냉대에 무방비로 노출된 이들이다. 그들에겐 숨을 곳도 쉴 만한 그늘도 없다. 세상이 잠마저 뺏어가 밤도 새벽도 없다. 그 외로움을 국가는 알지도 못하고, 연민도 하지 않는다. 아니, 다 알면서 모른다고만 한다.

기억이 나지 않는다고 한다. 그게 제일 나쁘다.

두 해 전 그날도, 지난해와 올해 4월 16일에도 비가 내렸다. 나는 정말 하늘이 운 것이라고 생각한다. 이 세상은 그런 곳이다. 한 사람이 슬프면 누군가는 꼭, 사람이 아니라면 새와 나무와 파도라도 반드시 함께 울어주기 마련이다. 눈물 같은 비를 맞으며 유가족들과 함께 울어준, 때로 따뜻하게 웃어준 이들에게 고맙다. 광장에 가지는 않았어도 저마다 자리에서 나름의 방식으로 기억하고 추모한 이들의 마음 또한 소중하다.

그날은 지나갔고, 모두들 각자의 '서로 모르는' 자리로 다시 돌아갔다. 거기서 또 모르는 사람들, 잘 안다고 착각하는 사람들과 어설프고 어색하며 때론 불편하고 귀찮은 마음들을 주고받을 것이다. 그러는 동안 저 바다에 잠겨 있어 우리가 정말 모르는 것들이 분명하게 떠올라야 한다. 다 알면 더 애통하겠지만, 그만큼 연대와 위로, 사랑도 견고해질 것이다. 내년 4월 16일은 화창했으면 좋겠다.*

* 2014년 4월 16일에 차가운 바다 위로 비가 내렸다. 2015년과 2016년 4월 16일에도 비가 내렸다.

# 눈물로 맞이한 봄

"꽃가루와 같이 부드러운 고양이의 털에/ 고운 봄의 향기가 어리우도다/ 금방울과 같이 호동그란 고양이의 눈에/ 미친 봄의 불길이 흐르도다/ 고요히 다물은 고양이의 입술에/ 포근한 봄 졸음이 떠돌아라/ 날카롭게 쭉 뻗은 고양이의 수염에/ 푸른 봄의 생기가 뛰놀아라"

1920년대 시인 이장희가 쓴 「봄은 고양이로다」라는 시다. 봄을 고양이와 동일시한 시인의 독특한 해석이 돋보인다. 봄은 포근하다가도 금방 변덕 부려 추위와 눈을 내린다. 맑고 푸르다가도 누런 모래바람을 흩날린다. 얇은 옷을 입고 나갔다가 찬바람에 감기를 얻기 십상인 예측불가의 계절이다.

얌전한 고양이도 갑자기 발톱을 세워 주인을 할퀸다. 애완동물로 길러지지만 인간에게 굴종하지 않은 맹수의 습성이 남아 있어 언제 야생의 본능을 드러낼지 모른다. 고양이의 '부드러운 털'과 '호동그란 눈'은 '날카롭게 쭉 뻗은 수염'과 대치된다. '고요히 다물은 고양이의 입술'에선 팽팽히 당겨진 활시위의 긴장이 느껴진다. 사나움을 감춘 고양이처럼 '고운 봄의 향기'와 '포근한 봄의 졸음', '푸른 봄의 생기'는 모두 '미친 봄의 불길'을 그 배후에 숨기고 있다.

스무 살 때 학과에서 북한산에 갔다. 진달래능선이 장관이었다. 산에서 내려와 저녁까지 술을 마셨다. 내가 좋아하던 여학생이 먼저 자리를 떴다. 바래다주며 어떻게든 친해지고 싶은데, 교수님이 요지부동이었다. 다급해져 "교수님, 많이 드셨는데 이제 일어나시죠" 했더니 "이놈이 나한테 투사를 하네" 하셨다. 시는 해석과 투사의 예술이라고, 거기서도 가르치셨다. 그녀는 이미 집으로 돌아갔고, 되게 취해 혼자 걸어오는 밤, 내 마음 열병을 벚꽃에다 떠다 넘겼다. 며칠 뒤, 급한 마음을 못 참고 고백했다. 물론 차였다. 이불 뒤집어쓰고 나 혼자 며칠 겨울을 살았다. 세상이 화사한 게 꼴 보기 싫었다. 설레게 했다가 낙심시키는 조울증의 시기가 봄이다.

봄은 두 얼굴의 계절이다. 당나라 시인 동방규의 '춘래불사춘(春來不似春)'이나 엘리엇의 '사월은 가장 잔인한 달'이라는 시구는 봄을 수식하는 관용구가 된 지 오래다. 식상할 만도 한데, 그만큼 탁월한 은유도 없어서 매년 이맘때면 무릎을 치고 감탄하게 된다. 두 시구 모두 봄의 양면성에 대한 것이다.

사월은 얼마나 환희로운 계절인가. 꽃이 피고 나비가 날아다닌다. 벚꽃 축제와 프로야구도 개막한다. 봄 소풍과 백일장, 야유회의 날들이다. 쉽게 들뜨고 부풀어 오른다. 미소는 어디에나 있고, 가벼운 신발들이 공중에서 춤춘다. 그러나 그 충만한 기쁨 뒤에서 '가장 잔인한' 일들은 고양이 발톱처럼 꽃잎을 할퀴어 땅에 떨어뜨린다.

사월 제주 유채꽃 위로 죄 없는 사람들의 피가 강물처럼 흐른 일 말이다. 봄볕으로 반짝이는 마산 앞바다에 최루탄 박힌 김주열의 시신이 떠오른 일 말이다. '미친 봄의 물길'이 '푸른 봄의 생기'를 가득 머금은 학생들을 바닷속 캄캄한 겨울로 끌고 들어간 일 말이다. 사방이 온통 환해서 비극은 더욱 뚜렷하다. 밝을수록 슬픔과 고통은 숨을 데가 없다.

봄이 와도 봄 같지가 않다. 유난히 길게 느껴진 겨울을 지나 광장에 봄이 왔지만 아직 봄은 아니다. 광장을 촛불로 채우며 서로의 온기로 겨울을 견딘 사람들에게 봄은 여전히 멀리 있다. 팽목항을 지키는 유가족들에게는 더욱 더디게 온다. 권력의 견고한 얼음이 녹아 그 사이로 '진실'이라는 투명한 물이 흐를 때까지 봄이 아니다. 부패한 가지 끝에서 '정의'의 꽃이 피기 전까지는 언제나 겨울이다.

3년 동안 봄이 오지 않던 바다에 마침내 노란 꽃이 피고 있다. 차가운 바다에 잠겨 있어 우리가 알 수 없던 계절이 환한 빛 가운데 분명하게 떠오르고 있다. 봄이다, 봄이 올라오고 있다. 기쁜데 왜 이렇게 눈물이 나는지 모르겠다. 조울증은 아니다.*

* 2017년 4월 11일, 세월호가 참사 1091일 만에 인양이 완료되어 물 위로 모습을 드러냈다.

# 삶을 벼락처럼 바꾸는 만남

거제도 해금강 유람선에 올랐다. 오색 등산복 차림의 어머님들과 함께 '아리랑 1호' 명찰을 가슴에 달고 앉아 약장수를 방불케 하는 선장의 속사포 '구라'에 박수치며 웃었다. 사자바위, 소녀바위, 십자동굴을 보면서 탄성이 나왔다. 절해고도는 아니지만 푸른 바다 위 홀로 아름다워 외로운 해금강을 뒤로하고 외도로 향했다.

유럽풍 건축물들과 인위적으로 조경된 꽃나무들이 먼저 떠올라 거부감이 들었다. 그러나 섬에 내리는 순간, 인위와 무위가 어우러진 절경에 감탄했다. 산책로를 오를 때마다 예쁘게 깎아놓은 정원수와 조각상, 대숲, 새소리, 분수, 꽃향기가 오감을 즐겁게 했다. 인공자연에 서서 망망대해를 바라보는 일은 묘한 감흥을 일으켰다.

외도 해상농원 설립자 故이창호 씨 기념관에서 한참 동안 발길이 떨어지지 않았다. 그의 연보를 읽으며, 내가 밟은 것이 그저 작은 섬 관광지가 아니라 한 인간의 위대한 피와 땀, 눈물이라는 사실에 벅찬 가슴을 주체할 수 없었다. 외도의 작은 돌멩이 하나, 풀 한포기에도 이창호 씨와 최호숙 여사 부부의 숨결이 닿아 있다.

1969년 7월, 해금강 부근으로 낚시를 왔다가 태풍을 피해 외도에서 하룻밤 민박을 한 것이 운명의 변주가 되었다. 섬의 아름다움에 매료된 이창호 씨는 3년에 걸쳐 섬 전체를 사들인 후 황무지를 가꾸기 시작했다. 작은 선착장 하나 만드는 데도 6번이나 실패했고, 감귤나무와 방풍림, 돼지 농장을 차례로 망쳤다. 풍랑과 해일, 뙤약볕과도 싸워야 했지만 '미친 짓'이라고 손가락질 하는 세상의 편견도 칼날 같았을 것이다.

수차례 실패 끝에 30년간 식물원으로 가꾼 것이 지금의 외도다. 90년대 초 문화시설 허가를 받고 한려해상국립공원에 편입된 후 2007년까지 1천만 명이 넘게 찾은 우리나라 대표 관광지가 되었다. 맨손으로 바위섬을 일궈 만인에게 내어준 이창호 씨는 2003년 세상을 떠나고, 부인 최호숙 여사가 계속 섬을 가꿔가고 있다. 남편 못지않게 최호숙 여사도 대단한 분이다.

외도를 빠져나와 거제 남정리를 지나게 됐다. 문재인 대통령의 고향마을이다. 곳곳에 이정표가 있어 어렵지 않게 생가를 찾았다. 마을은 여전히 들떠 있었다. 노인들이 자발적으로 주차 안내를 하고, 생가 앞에선 '대통령님 탯줄 잘라준 추경순 할머니 아드님'께서 방문객들을 모아놓고 대통령의 어린 시절 이야기를 풀어놓았다.

좁디좁은 마당에 다 무너진 시멘트벽, 그렇게 허름한 집은 처음 봤다. 그것도 지금 사는 분들이 고쳐 쓰는 덕에 그나마 유지되고 있다. 문 대통령이 살 때에는 흙벽돌 초가집이었다고 한다. 이 초라한 지붕 아래서 가난과 겸손을 배웠겠구나, 문간만 나서면 펼쳐진 산과 들, 푸른 하늘과 바다를 달리며 가슴을 키웠겠구나 생각했다.

초가지붕처럼 소박한 사람, 거제 바다처럼 정직한 변호사 문재인을 현실정치로 이끈 것은 노무현과의 만남이었다. 그도 그 만남을 '운명'이라고 칭한다. 타자와의 만남이나 우연한 사건을 통해 생애가 돌연 뒤바뀐 사람들을 떠올려본다. 노무현을 만나 대통령의 길까지 걷게 된 문재인, 아들 전태일의 죽음을 통해 노동운동의 대모가 된 故이소선 여사, 외도에서 하룻밤을 묵었다가 섬에 평생을 바친 이창호 씨 모두 그러하다. 인권변호사로, 공장직공의 어머니로, 교사로 살던 평범한 삶의 궤적이 한 사람, 한 사건, 한 장소에 의해 완전히 새로워진 것이다.

마틴 부버는 "나는 너와의 만남을 통해 인생과 세계를 이해하며 삶을 비약적으로 전환할 수 있다"고 말했다. 지금껏 나를 시인으로 살게 한 숱한 만남들을 떠올려 본다. 그들만 아니었으면, 하고 이가 갈리는 밤도 많으나 대체적으로 감사하는 편이다. 대충 글 쓰고 놀고먹는 것 같은 나도 누군가의 삶을 벼락처럼 바꾸는 사건이 될 수 있다. 내 맘대로 사는 듯한 내 삶도 어떤 개입에 의해 전혀 뜻밖의 것이 될지 모른다. 그 우연한 혼돈을 나는 기꺼이 기다린다.

# 내일을 약속할 수 없는 세상

하늘에서 사람이 떨어졌다. 애먼 사람이 깔려 죽었다. 여섯 살 난 아들과 만삭의 아내가 지켜보는 앞에서 일어난 비극이다. 전남 곡성의 아파트 옥상에서 한 대학생이 자살을 위해 뛰어내렸고, 마침 귀가 중이던 곡성군청 공무원 양대진 씨와 부딪쳐 둘 다 목숨을 잃었다. 두 죽음 모두 안타깝지만, 양 씨의 경우 말 그대로 마른하늘에 날벼락이다. 끝내 신발을 벗고 들어가지 못한 집에는 저녁밥상이 차려져 있었을 것이다. 어린 아들이 삐뚤빼뚤 벽에 그려 넣은 낙서도 있고, 새로 태어날 아기가 입을 작은 옷도 있었을 것이다. 양 씨와 가족들은 그 일상의 행복으로 다시 돌아갈 수 없게 되었다.

지하철 스크린도어 수리 중에 전동차가 들이닥쳤다. 외주업체 직원이 사망했다. 숨진 김 군은 열아홉 살이었다. 그의 가방에는 컵라면과 공구가 들어 있었다. 밥도 못 먹고 종일 강도 높은 작업을 혼자 하다가 사고를 당했다. 스크린도어 수리 일을 하며 여러 번 죽을 고비를 넘겼을 것이다. 그러나 이번에는 전동차를, 죽음을 피하지 못했다. 세상은 눈에 쌍심지를 켜고 달려드는 전동차보다 더 무섭게 김 군을 윽박질러, 쫓기듯 몸을 맡긴 곳이 그 비좁은 스크린도어 안이었으리라. 그는 생일을 하루 앞두고 있었다. 아침이면, 이젠 영원히 오지 않는 그 아침이면 컵라면 대신 어머니가 끓여준 미역국과 따뜻한 밥을 먹을 수 있었을 텐데.

강남역 화장실에서 아무 죄 없는 여성이 죽임을 당했다. 남양주 지하철 공사현장이 붕괴되어 일용직 근로자들이 목숨을 잃었다. 하늘에서 갑자기 사람이 떨어지고, 벽돌이 떨어진다. 뒤에서 누군가가 칼로 등을 찌른다. 지하철 전동차가, 버스가, 트럭이 사방에서 돌진한다. 가습기 틀어놓고 자다 죽는다. 문병 갔다가 괴질에 걸려 죽는다. 보도블록이 푹 꺼져 싱크홀에 빠진다. 머리 위, 등 뒤, 발밑, 양 옆, 집 안팎에 죽음이 도사리고 있다.

세상은 원래 예측 불가능한 우연과 혼돈으로 이루어져 있고, 인간의 삶은 언제나 죽음을 품고 있지만, 호스피스 병동 환자도 아니고 전쟁터의 군인도 아닌 우리가 이렇게 단 하루만큼의 내일도 약속할 수 없는 세상을 살아가야 한다니 숨이 턱턱 막힌다. '오늘도 무사히' 스티커를 자동차뿐만 아니라 스마트폰, 가방, 책, 신발, 냄비, 화장실, 변기, 꽃잎, 강물, 당신과 나, 유무형의 온갖 것에 다 붙이고 다녀야 할 것 같다.

얼마 전, 운전 중에 갑자기 현기증이 일어 눈앞이 캄캄했다. 두어 차례 더 그러자 차를 세우고 친구와 운전을 교대했다. 다음 날 시간강사 출강을 해야 해서 병원에 가지 않았다. 수업은 내내 힘들었고, 겨우 마치고 퇴근하던 저녁에 또 현기증이 일었다. 혼자 사는 집에 있다가 괜히 불안하여 병원 응급실을 찾았다. 검사 결과 별 이상이 없어 귀가했다. 아침에 볼일이 있어 알람을 맞춰 놓고 눕는데 눈시울이 붉어졌다. 아무렇지도 않게 내일을 확신하는 나의 습관이 불현듯 낯설어서 그랬다. 그럼에도 알람 소리에 눈을 뜨리라는 것을 믿는 마음이 고마워서 그랬다. 아니, 아침을 한 번도 의심해 본 적 없는 천진함이 무섭게 느껴졌다.

이웃들의 안타까운 죽음은 모두 사회의 구조적 문제와 관련 있다. 사회가 죽음을 조장하고 조성하고 조직한다. '반지하 원룸에 혼자 사는 시간강사'인 나 역시 사회 구조가 펼친 죽음의 네트워크에 붙들려 있다. 우리는 더 이상 '내일'을 말할 수 없다. 다음에 만나자고 약속할 수 없는 사람들이 되어버렸다. 누구를 만나더라도 오늘이 마지막인 것처럼 해야 한다. 간절히 바라보고 귀 기울이고 어루만져야 한다. 아름답지만 얼마나 피곤한 일인가. 언제 어디서 죽어나갈지 모르는, 영화 〈데스티네이션〉 같은 비명횡사의 시대다. 한 소설가는 1년에 한 번 유서를 업데이트한다고 한다. 내일을 확신할 수 없는 세상에선 한 장의 유서를 쓰는 일이 미래 목표를 적는 것보다 더 현실적이다. 그나마 주어진 오늘이나 제대로 살고 싶다.

# 고독한 군중의 햄버거

미국 뉴욕에서 인기를 끈 한 햄버거 가게가 한국에 상륙했다. 개점 첫날부터 사람들이 수백 미터씩 줄을 섰다. 일부는 밤샘까지 했다고 한다. 다른 가게 햄버거에 비해 두세 배 정도 비싼데도 연일 장사진을 이루고 있다. 항생제 쓰지 않은 쇠고기와 싱싱한 채소, 고객이 조리과정을 볼 수 있는 오픈키친이 이 가게의 특징이다. 기존 패스트푸드의 허접스러운 재료와 맛에 싫증 난 사람들로부터 큰 호응을 얻는 것이겠지만, 이 찜통더위에 햄버거 하나 먹겠다고 두 시간씩 줄을 서는 건 진풍경이 분명하다.

'뉴요커들이 줄 서서 먹는 햄버거'라는 소문이 번지면서 '신문물'을 먼저 접하려는 젊은 세대의 호기심이 발동했다. SNS 등 온라인 미디어에서 자꾸 떠드니까 '나도 한번 먹어보자'는 군중심리가 생기지 않을 수 없다. 몇 년 전에는 광우병 쇠고기라며 '미국 아웃'을 외치던 사람들이 미국산 쇠고기 햄버거에 열광하는 걸 아니꼽게 보는 시선도 있다. 지금은 맞고 그때는 틀리냐고 묻고 싶겠지만, 군중심리가 그렇다. 금방 얼굴을 바꾸고, 금방 뿔뿔이 흩어진다.

'포켓몬고' 열풍도 마찬가지다. 주변에서 다들 하는데 나라고 가만히 있을 수가 없다. 포켓몬고의 성지가 된 속초에는 이 군중심리를 틈탄 한철 장사가 성행 중이다. 문전성시를 이루다가 이제는 파리 날리는 치즈등갈비, 불닭, 과일빙수, 조개구이 식당 등 '맛집'의 흥망성쇠도 그러하다. 몇 해 전 〈강남스타일〉의 대유행과 꿀 바른 감자칩 대란, 영화 〈명량〉의 기록적인 흥행 역시 군중심리가 이뤄냈다. 그게 어디 1,700만 명이나 볼 영화인가.

나 또한 철저한 군중이다. 사람 많은 곳을 싫어하지만 옆에서 법석을 떨면 엉덩이가 따라 들썩인다. 남들 다 간다는 찜질방을 서른 살 넘어서야 가보고, 소위 '핫'하다는 이태원에서 술 마시고 놀기를 지난주에 처음 해볼 만큼 유행에 무디지만, 페이스북에 열중하거나 방송 유행어를 어쭙잖게 흉내 내기도 하고, 간혹 '착한 식당' 같은 델 기웃거리는 걸 보면 별 수 없는 군중이다. 초등학교 때 〈소년한국일보〉에서 콜라 광고 지면을 오려 편의점에 들고 가면 콜라 한 캔 공짜로 준대서 신문 쪼가리 들고 두 시간 줄 선 적도 있다.

햄버거와 포켓몬고, 맛집 유행을 지켜보는 마음이 안쓰럽다. 내 눈엔 저 사람들이 너무나 외로워 보인다. 나도 외롭다. '군중'이 되고 싶은 심리가 나쁜가? 군중은 동시대를 살면서 같은 사회에 속한 채 비슷한 형태의 삶을 사는 사람들이다. 다들 '헬조선'과 '흙수저'로 상징되는 이 시대의 출구 없는 터널에 함께 갇혀 있다. 너무 어두워서 옆에 누가 있는 줄도 모르고 내 눈앞의 암흑에 고립되어 있다. 햄버거 가게 앞에 줄을 서고, 속초행 버스에 몸을 실으며 타인도 나와 같음을 확인하고서야 간신히 안도하는 사람들, 남들 다 하는 내 집 장만, 결혼, 취업에서 낙오되었다는 좌절감과 소외감을 남들 다 하는 햄버거 먹기, 포켓몬 잡기에의 참여와 성취를 통해 조금이나마 위로받는 사람들이 군중이다.

『고독한 군중』을 쓴 데이비드 리스먼은 자본주의 사회의 '외부지향적' 인간은 타인의 생각과 관심, 유행에 집착하며 집단에서 외톨이가 되지 않으려 애쓴다고 말했다. 현대인들은 겉으로는 활달하고 사교적이나 속으로는 고립과 소외에 대한 불안으로 언제나 괴로워한다. 햄버거 가게 앞에 줄 선 사람들은 서로 한 마디도 나누지 않는다. 군중에 속해 있다는 안도감은 뱃속에서 햄버거가 소화되는 순간 함께 사라져버린다. 군중은 해체되고, 개인들은 다시 일인분의 고독과 소외를 안고 저마다의 암흑 속으로 걸어 들어간다.

아파트 분양이나 땅 투기, 신공항 사업 같은 데 우르르 몰려가는 것보다 햄버거, 포켓몬이 훨씬 건강한 군중심리다. 부디 그렇게라도 불안과 결핍을 해소하길, 잠깐이나마 '남들 다 하는'에 속하길 바란다. 햄버거 가게가 들어선 강남은 서울에서 고독사가 가장 많이 발생하는 곳이다.

# 에어컨 빼앗긴 방에도 가을은 오는가

숨이 턱턱 막힌다. 땀이 속옷을 적시고 목덜미를 흥건케 한다. 온몸이 축축하고 끈적거린다. 땀과 섞인 선크림이 눈으로 흘러들어 따갑다. 눈에 고인 물기를 빨아먹으려는 날벌레들이 거슬린다. 밤공기는 뜨겁고 새벽은 미지근하다. 사포로 문지르는 듯한 땡볕이 살 껍질을 벗겨낸다. 정수리에 전동드릴이 박히는 느낌, 현기증이 일어난다.

지독한 폭염이다. 처서(處暑)도 지나 가을이 가까운데 이제 와서 더위 이야기를 꺼내는 게 '뒷북'인지 모르겠다. 하지만 이 더위는 좀처럼 끝날 것 같지 않다. 기상청을 믿을 수가 없다. 10월에도 반팔 반바지 차림으로 거리를 걸어 다니는 사람들을 보게 될 것만 같다.

만사가 귀찮고 욕구가 단순해진다. 더위를 피해 서늘한 곳에 있고 싶다. 찬물에 몸을 씻고 싶다. 물을 많이 마시니 방뇨와 배변이 활발하다. 쾌적한 데서 먹고 눕고 놀고 싶다. 천국이라 한들 에어컨 없다면 가지 않겠다. 미녀와의 데이트도 야외라면 거절이다. 스킨십도 싫다.

1994년에 초등학생이던 나는 그해 살인적인 더위를 별로 실감하지 못했다. 야생 족제비 수준으로 뛰어놀고, 웬만한

산꼭대기는 한달음에 오를 만큼 체력이 좋았기 때문이다. 더위를 제대로 먹은 건 2008년 여름, 가장 덥다는 경북 영천에서 장교 임관 훈련을 받을 때다. 가만히 서 있기만 해도 죽겠는데, 땡볕은 통과시키고 바람은 차단하는 군복을 입고 철모와 소총, 수통 등 쇳덩이들을 매단 채 기어 다니느라 살이 15킬로그램이나 빠졌다. 코피가 터지기도 했다. 몸 곳곳에 땀띠가 나 베이비파우더를 덕지덕지 바르면 거대한 찹쌀떡이 된 기분이었다.

2012년 여름, 에어컨 없는 반지하 원룸에서 더위를 견뎠다. 선풍기만큼 쓸모없는 도구가 또 있을까 싶었다. 아예 알몸으로 살았다. 수건으로 감싼 아이스팩을 온몸에 올려두고 가만히 누워 정육처럼 지냈다. 누워 있다가 더우면 바로 화장실로 가 찬물로 씻었다. 하루에 샤워를 열 번쯤 한 것 같다. 그래도 끝내 가을이 오고, 첫눈이 내렸다.

이듬해 여름날이었다. 친구와 그로부터 소개받은, 호감 가던 여성이 내가 사는 방에 술을 사 들고 놀러 왔다. 현관에 들어서자마자 그들이 "불지옥!" 외쳤다. 지옥불에 사는 나는 염라대왕인가 성서에 나오는 다니엘과 세 친구인가. 술판을 펴지도 못한 채 밖으로 나갔다. 시원한 곳을 찾아 헤매다 밤중 산속에 들어가 모기에게 헌혈하며 술을 마셨다. 그 치욕이 분해 며칠 뒤 큰맘 먹고 에어컨을 장만했다. 세상은 에어컨 이전과 이후로 나뉘었다. 에어컨 아래서 시도 쓰고 논문도 썼다. 밥도 지어 먹고 정말 사람답게 살았다.

에어컨 없었으면 나는 이미 죽었다. 덕분에 잠도 자고 글도 쓰고 밥도 먹는다. 그런데 이 최소한의 인간적 삶도 누릴 날이 얼마 남지 않았다. "인간아, 달콤했느냐. 네가 누린 것의 수십 배를 거두어가겠다." 누진세의 심판이 다가오고 있다. 누진세로 수십만 원을 내고 나면 당장 곤궁해진다. 누진세 무서워 에어컨을 켜지 못하면 책상에 앉아 글도 쓸 수 없고, 침대에 누워 잠도 못 잔다. 글 못 쓰면 밥 못 먹고, 잠 못 자면 체력 떨어져 육체노동도 못 한다. 누진세는 단순한 전기 요금이 아니라 삶의 기본권을 담보로 한 가혹한 고리대금이다.

어떤 분들은 에어컨 빵빵한 식탁 위에서 송로버섯과 캐비어, 샥스핀, 능성어, 한우갈비를 먹는데, 나 같은 사람은 불가마 같은 방구석에서 뜨거운 라면이나 후후 불어 먹는다. 2015년 한전 영업이익은 11조 3천4백억 원, 2016년 상반기에만 누진제를 앞세워 6조 원을 넘어섰다. 그 돈은 다 정부의 재정수입이 된다. 우리나라 전력산업은 마피아들이 유독 많이 들러붙어 있다. 호화스러운 오찬상이 어떻게 차려졌는지 알 만하다.

폭염에 가축들은 죽어나가는데 누진세 무서워 에어컨은 엄두도 못 내는 게 축산 농가의 현실이다. 에어컨 틀지 말고 살라는 건 국민을 축사의 개돼지나 마찬가지로 여긴다는 얘기다. 열 받는다. 덥다.

# 존경 없는 명예는 한낱 멍에

영화 〈아메리칸 스나이퍼〉는 미국 특수부대 '네이비 씰'의 전설적인 저격수 크리스 카일의 일대기를 그렸다. 이라크 전쟁에 참전해 200명이 넘는 적군을 저격 사살한 그는 미군 역사상 최고의 스나이퍼다.

스코프에 포착된 표적 중에는 자살폭탄을 매달고 아군을 향해 뛰어드는 어린아이와 여성도 있다. 그의 총알이 표적의 이마와 심장을 관통하는 순간, 방금 전까지 살아 움직이던 한 인간의 육체, 생각, 기억, 꿈, 사랑, 전 생애가 피 흘리며 흙바닥에 뒹구는 시체로 변한다. 그걸 스코프로 지켜볼 때마다 그의 내면 역시 '죽음의 이미지'에 의해 저격당했을 것이다.

전역 후 그는 피 냄새와 총성, 죽음이 없는 일상에 적응 못하는 모습을 보이기도 했다. 두 권의 자서전을 냈는데, 영웅적인 스토리가 널리 알려지면서 유명인사가 됐다. 전쟁외상후스트레스 장애(PTSD)를 앓는 참전 병사들을 돕는 활동에도 나서며 건강한 삶을 회복하는 듯했으나 2013년, 해병대에서 저격수로 복무한 에디 루스의 총에 맞아 사망했다. 크리스 카일이 돕던 PTSD 환자였다. 카일의 아내는 남편이 항상 전쟁터와 전쟁터 밖 현실과 싸웠다고 말했다.

영화 〈람보-퍼스트블러드〉에서 베트남전 용사인 람보는 함께 참전한 동료들이 극심한 PTSD를 앓다가 자살하거나 후유증으로 죽었다는 사실을 전해 듣는다. 동료를 만나러 찾아간 한 작은 도시에서 그는 부랑자 취급을 받으며 시민들로부터 격리된다. 공권력에 부당한 체포와 폭력을 당하자 무기고를 탈취, 인간병기가 되어 도시를 쑥대밭으로 만든다.

베트남전 당시 지휘관인 트라우먼 대령이 람보의 광기를 멈추고자 대화를 시도한다. "혼자서 전쟁을 계속하려는 건가? 작전은 끝났어."

"끝난 건 아무것도 없어요. 제가 돌아왔을 때 모든 눈들이 살인자를 보는 듯했죠. 누가 저를 보호해주죠? 모두 어디 있나요? 내 친구 램포드, 유쾌한 내 친구. 내 친구는 누구죠? 아무도 없어요. 난 친구가 필요해요. 숨이 막혀 죽을 것 같아요."

생활고를 겪던 제1연평해전 용사가 편의점에서 콜라를 훔치다 경찰에 붙잡혔다. 전투 중 포탄 파편을 맞은 후유증 탓에 오른손을 제대로 쓰지 못한다. 유공자 연금을 투자 사기로 날리고, 거액의 빚을 진 채 고시원에서 생활하고 있다. 그는 "배가 고파 빵을 사러 갔는데 음료수 살 돈이 부족했다"고 진술했다. 그에겐 단돈 1천8백 원이 없었지만, 정말 부족했던 것은 국가의 예우와 사람들의 관심이다. 한국전쟁 용사 중 대부분이 극심한 생활고와 각종 질병에 시달린다. 장애를 안은 채 폐지 수집으로 연명하고 있다. 그들에게 무공

훈장이나 참전용사증서가 무슨 소용일까. 따뜻한 밥 한 끼로 바꿔 먹을 수도 없는 무용지물이다. 마땅한 존경이 있어야만 명예가 명예일 수 있다. 존경 없는 명예는 한낱 멍에일 뿐이다. 명예에 합당한 존경, 성의를 다한 예우, 실질적 지원과 보상이 영웅들에게 필요하다. 군인을 '군바리'라고 비하하는 대중의 태도도 바뀌어야 한다. 군인, 소방관, 경찰 등 '제복에 대한 존경'이 자연스러운 사회가 되길 희망한다. 내 일상의 행복과 소중한 꿈들은 누군가의 희생 위에 서 있다. 그 희생이 사라지는 순간, 내가 누리는 모든 것들은 땅 밑 캄캄한 어둠 속으로 가라앉아 버린다.

〈아메리칸 스나이퍼〉는 마지막 장면에서 크리스 카일의 실제 장례식 영상을 보여준다. 아무런 설명도 하지 않는다. 미식축구 슈퍼볼과 팝 스타들의 공연이 열리는 댈러스 카우보이 스타디움에서의 장례식이 마쳐지고, 운구차가 도로로 나서자 수만 명 시민들이 성조기를 흔들며 영웅을 추모했다. 자신들을 위해 고통 속에서 삶 전체를 희생한 이에게, 단 몇 분이나마 평온한 하루의 일부를 내어주며 존경과 감사를 보냈다. 이제 우리 차례다.

# 〈효리네 민박〉을 보며

〈효리네 민박〉을 재밌게 보고 있다. 나만 그런 게 아니다. 단 3회 방송했을 뿐인데 화제 몰이를 하는 중이다. 제목 그대로 이효리가 민박집을 운영하는 게 내용의 전부다. 부부가 살고 있는 제주도 집에 일반 여행객들이 와서 묵는다. 이효리와 이상순 부부, 그리고 종업원 아이유(이지은)가 손님들에게 서비스를 제공한다. 카메라는 최대한 개입하지 않고 그 과정을 담아낸다. 그게 다다.

〈삼시세끼〉와 〈윤식당〉도 같은 포맷을 공유한다. 시골에서 출연자들이 밥 세끼를 자급자족해서 차려 먹는 것이나 발리 해변에 한식당을 열어 외국인들에게 불고기와 라면을 파는 것, 그리고 연예인 부부의 집에 일반인 여행객들이 숙박하는 것은 서로 조금씩 다르지만 또 어딘가 닮아 있다. 단순함과 자연스러움, 편안함이 공통분모다. 그러면서 환상을 심어준다.

어느 시대든 인기 티브이 프로그램은 현실의 결핍과 대중 욕망을 꿰뚫는다. 방송 제작자들의 현실 감각은 놀라울 정도로 예리하다. 국가부도 경제난에 허덕이며 이타적 정신이 실종되어갈 때 '양심 냉장고' 같은 기획으로 사회에 메시지를 던졌다. 세기말의 혼란과 불안감은 그저 신나게 흔들고 놀면서 망각하자고 했다. 연예인들이 단체로 나와 춤추고 게임하며 노는 걸 보여주는 예능 프로가 1990년대 말과 2000년대 초에 무더기로 쏟아졌다. 일회적이고 가벼운 만남을 선도하고 장려하는 미팅 프로그램도 여럿 등장했다.

십여 년 전에는 채널도 몇 개 없는데다 그 채널들이 대중문화를 소비하는 방식이 매우 폭력적이고 남성적이었다. 예능 프로는 마치 직장 남성들의 2차 회식을 옮겨온 것 같았다. 산업화와 경제발전의 논리가 아직 유효하던 때라서 그런지 티브이도 치열하고 자극적이며 경쟁을 부추겼다. 떡 먹기 게임하다 출연자가 사망하고, 뜀틀 넘다가 다치는 일이 종종 생겼다. 방송에서마저 아등바등 부대끼며 몸부림치거나 또는 그 몸부림의 스트레스를 풀기 위한 쾌락적 유흥의 방식으로 예능 프로는 존재했다.

그런데 이제는 세상이 달라졌다. 경제발전 주역들이 퇴장하면서 기존의 치열하고 자극적인 포맷의 방송들도 함께 자취를 감췄다. 물론 아이돌들이 출연하는 대규모 육상 대회라든가 서로 쫓고 쫓기며 '이름표 떼기 게임' 하는 프로그램이 아직 있지만, 인위적이거나 과도한 설정이 들어가면 시청자들은 외면한다. 교육과 사회제도에 끊임없이 간섭받으며 기성 체제가 강요하는 목적을 달성하는 데에 지쳤기 때문일까. 개인에게 '특별함'을 요구하던 시대가 지긋지긋해진 까닭인지도 모른다.

별다른 목적 없이 평범한 일상을 보여주는 프로그램 앞에 사람들은 모여 앉는다. 모니터 속 연예인의 일상을 '돈지랄'이라든가 '서민 퍼포먼스'라고 아니꼽게 보지 않는다. '특별함'에 대한 상대적 박탈감으로 개인의 자존감이 낮았던 시절이 아니다. 나와는 다른 방식의 삶으로, 다르지만 또 비슷해 공감할 수 있는 일상으로 받아들인다. '잘 사는 삶'에 대한 획일화된 기준이 해체되면서 연예인이나 재벌 앞에 기죽지 않는 당당함이 대중들에게 생겼다. 그 건강한 자존감 위에 '욜로(YOLO)'라든가 '혼밥' 문화가 서 있다. 방송을 통해 타인의 다양한 삶을 관찰하면서 내 욕망을 투영해보기도 하고, 대리만족을 얻기도 한다.

이른 아침 일어나 요가와 차로 심신을 다스리는 이효리의 모습은 참 편안해 보인다. 〈효리네 민박〉 류의 프로그램에는 속도, 경쟁, 욕심, 고독이 없다. 출연자들은 느린 일상 속에서 자족하고, 비교하지 않으며, 이웃과 어울린다. 이룰 수 없는 환상을 심어 위화감을 준다는 비판도 있다. 평범함으로 가장한 특별함일지도 모른다. 그래도 눈꼴사납게 몸부림치지는 않는다. 설정이고 판타지일지언정 잠시나마 속도와 경쟁을 잊게 해준다. 기왕 '바보상자'라면, 치열한 세상에서 느린 삶의 미덕들을 꿈꾸게 하는 순박한 바보상자가 더 좋지 않은가.

# 어서 와, 여기는 처음이지?

〈어서 와, 한국은 처음이지?〉라는 티브이 프로그램을 봤다. 방송인 다니엘 린데만이 자신의 독일 친구들을 한국에 초대했다. 역사교사, 화학자, 연구원인 그들은 첫 이틀간 다니엘의 도움 없이 서울을 여행했다. 길 헤매기도 하고, 음식 주문에 애를 먹기도 했으나 큰 어려움은 겪지 않았다. 대중교통 시스템, 치안, 공공서비스, 시민의식, 음식, 문화 공간 등 한국도 여행하기 참 좋은 나라라는 걸 방송을 보며 새삼 느꼈다.

독일인 친구들은 아침 일찍 DMZ 투어에 나섰다. 투어버스를 타고 파주 비무장지대와 휴전선, 도라전망대, 제3땅굴, 판문점, 임진각 등을 견학했다. 가이드로부터 한국전쟁과 분단의 역사에 대한 설명을 듣는 표정이 진지했다. 독일도 분단을 겪어선지 정서적 유대를 느끼는 듯 보였다. "우리는 통일이 된 것에 감사해야 한다"는 화학자 페터의 말이 가슴을 파고들었다.

걸음을 재촉한 다음 일정이 놀라웠다. 택시를 타고 서대문형무소 견학을 간 것이다. 독일 친구들은 일제강점기 한국사의 현장에서 숙연해졌다. 온갖 잔혹한 고문 방법, 신체를 구속하는 끔찍한 독방, 독립운동가들의 사진 등을 보며 일본의 만행을 비판했다. 일본이 일제강점기에 대해 외면하는 것은 잘못이며, 사과해야 한다고 목소리를 높였다. 독일은 지금도 과거사를 반성하며 항구적 책임으로 여긴다.

나도 모르게 "고맙다"고 혼잣말을 했다. 독일 친구들이 숙연해하고 분노할 때 우리는 무얼 하고 있었을까. DMZ 투어 버스에 탄 한국인은 가이드 한 사람뿐이었다. 오랫동안 들은 고리타분한 옛이야기 정도로 느끼는지도 모르겠다. 일제강점기와 남북 분단은 너무 익숙해 오히려 제대로 아는 게 없다. 식민치하가 몇 년이었는지, 한국전쟁이 언제 일어났는지 물으면 말을 뭉뚱그린다. 둔감도 아니고 불감이다. 입시에 목매게 하고, 편향 교과서나 읽게 하면서 교육에 소홀했던 기성세대와 국가 잘못도 크지만 스스로 바르게 알고자 노력해본 적 없는 무관심이 더 큰 문제다.

장교로 복무하던 시절, 친한 선배들을 최전방 강원도 양구로 초대했다. 1박2일 동안 나름대로 '안보관광' 가이드를 자처했다. 평화의 댐과 도솔산을 지나 민간인 출입이 통제된 GOP 군사도로로 해발 1,242미터 가칠봉 초소까지 올랐다. 미리 출입신청을 요청해 허가를 받고, 군복을 입은 내가 안내했다. 11월의 전방은 칼바람 가운데 적막했다. 철책 너머 북한군 초소를 보는 지인들의 눈빛이 깊었다. 전방 풍경에 감탄하면서도 마음속 묵직한 먹먹함을 느끼는 모양이었다.

비포장도로를 내려와 제4땅굴 견학을 하고 나오는데, 한

무리의 일본인 관광객들이 보였다. 가이드가 갑자기 내게 설명을 요청했다. 군복 차림에 다이아몬드 계급장 모자를 쓰고 있어서였을 것이다. 땅굴을 통해 대규모 병력과 무기가 짧은 시간 동안 서울로 이동할 수 있다는 것부터 북한군이 땅굴을 판 방식과 기간, 한국군이 땅굴을 발견해낸 과정 등을 설명했다. 가이드의 통역을 들은 일본인들이 박수를 쳤다. 한 사람씩 돌아가면서 나와 사진을 찍었다. 분단국가의 가장 삼엄한 경계에서 군복 입은 장교를 만났으니 그들에겐 진귀한 경험이었을 것이다.

내 주변 사람들은 양구가 어디 있는지도 모르는데, 우리도 잘 찾지 않는 그 최전방까지 온 일본인들이 대단했다. 티브이로 독일 친구들의 여정을 보면서 느낀 것과 비슷한 고마움을 그때도 가졌던 것 같다. 여전히 진행 중인 한국의 아픔을 들여다본 독일 친구들은 다음 날 경주로 가 우리 전통문화의 아름다움을 만끽했다. 정말 멋진 여행이다. 우리도 할 수 있다. 주말이나 방학, 연휴 등에 특별한 계획을 세우지 못했다면, 역사 및 안보 견학을 떠나보면 어떨까. 대한민국역사박물관, 안중근기념관, 을지전망대, 제2땅굴 등 "어서 와, 여기는 처음이지?"라고 우리에게 손짓하는 곳이 많다.

# 죽음을 이긴 사람들

모두 잠든 새벽, 불길에 싸인 건물 안에서 이웃들의 잠을, 아니 목숨을 깨웠다. 21개 원룸을 돌며 초인종을 누르고 불이 지르는 비명보다 더 큰 소리로 외쳤다. 시커먼 연기 앞에서 머뭇거렸지만, 두려움을 용기로 바꿔 불길 속으로 다시 뛰어들었다. 5층 계단을 오르내리며 이웃집 문을 필사적으로 두드릴 때마다 숨은 가쁘고 유독가스는 정신을 몽롱하게 만들었다. 이웃의 죽음이 삶으로 바뀔수록 그는 점점 더 죽음과 가까워졌다. 그러나 온몸으로 소리쳐 스스로를 깨우고, 생명을 깨우고, 무관심과 이기심의 덧문을 잠근 우리 가슴을 두드려 깨웠다.

안치범 씨는 수십 명의 생명을 구하고 세상을 떠났다. 성우를 꿈꾸며 목소리를 다듬던 청년이었다. 생전 음성을 들으니 따스함과 진중함, 바른 성품이 느껴진다. 그의 부모는 주검이 된 아들을 향해 잘했다고, 장하다고 칭찬해주었다 한다. 자신을 희생한 안치범 씨도 훌륭하지만, 자신보다 소중한 자식의 죽음 앞에서 '인간의 위엄'을 보여준 부모 역시 훌륭한 분들이다.

심장마비로 쓰러진 택시 기사를 그냥 둔 채 제 짐만 들고 자리를 떠난 이들도 있다. 그들은 평일에 해외 골프 여행을 갈 만큼 적당한 부와 사회적 지위를 누리고 있었는지도 모른다. 그들에 비하자면 안치범 씨는 가진 것 없는 초라한 청춘이었다. "누가 강도당한 자의 이웃이냐"고 물었던 선한 사마리아인의 비유가 떠오른다.

젊음을 바쳐 불의와 싸운 한 사내가 있다. 사람들은 모두 저 홀로 먹고사느라 정신없는데, 도시의 미친 속도 속에서 경쟁하고 짓밟고 서로를 겨냥하는 송곳이 되기 대신 흙으로 돌아가 농사짓고 살았다. 모두들 수입산 밀을 쓸 때, 몇몇 농민들과 함께 우리 밀을 파종해 수확했다. 소처럼 우직하게 땅을 갈구었다. 아침햇살처럼 순박하고 비처럼 성실했다. 이 땅을 너무 사랑해서, 이 땅에 사는 이웃들을 생각하면 마음이 들불처럼 환해져서 자식들의 이름을 백두산, 도라지, 민주화라 지었다.

백남기 농민은 혼자 잘먹고 잘살기 위해 싸우지 않았다. 2015년 11월, 민중총궐기대회에 참여한 것도 더불어 사는 이들의 슬픔과 분노를 대변하기 위해서였다. 쌀값이 떨어져 정직하게 땀 흘린 대가를 제대로 받지 못하게 된 수많은 농민들의 억울함을 전하기 위해 광장으로 나섰다. 광장에서 그는 경찰이 쏜 물대포를 맞고 쓰러졌고, 300일 넘게 사경을 헤매다 세상을 떠났다. 공권력이 평범한 한 소시민의 목숨을 앗아간 사건이지만, 결국은 저들만 배불리는 기득권의 폭력에 의해 타인과 더불어 살았던 한 삶이 무참하게 져 버린 비극이다.

안치범 씨는 불에, 백남기 농민은 물에 숨졌다. 불과 물은 죽음의 전령이지만, 안치범 씨와 백남기 농민 앞에서 우스워졌다. 인간이 가장 두려워하는 죽음이 아무것도 아니게 되는 때가 있다. 결코 지지 않는 죽음이 인간에게 고개 숙이는 순간이 있다. 안치범 씨와 백남기 농민에게 그랬다. 죽음은 인간의 굴종을 즐거워한다. 그런데 이 오만한 죽음이 어떤 삶 앞에서는 겸손해진다. 그 삶을 거두어 가는 것이 황송하여 무릎을 꿇고 정중히 예를 바친다.

죽음은 피할 수 없다. 그러나 이길 수는 있다. 죽음을 이기는 방법은 더불어 삶을 사는 것이다. 더불어 가치 있는 삶을 사는 것이다. 제 죽음이 곧 세상의 종말인 자들이 죽음을 두려워한다. 나는 죽어도 사는 동안 심어놓은 더불어 삶의 씨앗이 세상을 풍요롭게 할 것을 믿는 자들은 죽음을 두려워하지 않는다.

'인간의 위엄'은 죽음의 순간에 판명 나기 마련이다. 누군가는 지금도 제 빛과 온기를 나눠 세상의 어둠을 밝히지만, 또 다른 누군가는 자기 장작에만 불붙인다. 남의 불을 꺼트릴 궁리로만 골똘하다. 죽음은 어떤 삶에 무릎을 꿇고 그를 겸손히 모실 것인가, 어떤 삶에 목줄을 채우고 비참하게 그를 끌고 갈 것인가. 더불어 삶으로 당당하게 죽음을 무릎 꿇린 안치범 씨와 백남기 농민처럼, 나도 여러분도 그렇게 살고 죽어야 한다.

# 최선을 다하겠습니다

아주대병원 중증외상센터 이국종 교수는 '국민 의사'다. 소말리아 해적에게 여섯 발의 총탄을 맞은 석해균 선장을 살려낸 일로 유명해졌다. 그의 이야기는 〈골든타임〉이라는 드라마로 만들어지기도 했다. 영웅적 면모가 담긴 여러 일화들을 들은 바 있지만 그를 밀착 취재한 다큐멘터리는 볼 기회가 없었는데, 지난주에 두 편의 영상을 보게 되었다. 그러고는 시 창작 수업에서 대학생들에게 틀어주었다. 식사 초대를 받은 지인의 집에서도 보여주었다.

중증외상이란 응급실 처치 범위를 넘어서는 심각한 외상을 뜻한다. 대부분 교통사고, 산업재해, 낙상, 자해 등으로 발생된다. 빠른 치료를 받지 못하면 환자는 장기 손상과 과다 출혈, 쇼크로 인해 목숨을 잃게 된다. 생명을 살릴 수 있는 초기 대응 시간이 골든타임이다. 이국종 교수는 골든타임을 놓치지 않기 위해 헬기에 오르고, 때로는 줄을 타고 공중에서 내리기도 한다. 지금껏 그를 거쳐 간 중증외상환자만 해도 2천 명이 넘는다. 삶과 죽음 사이에 간신히 걸친 채 한 호흡으로 삶을, 한 침묵으로 죽음을 부르는 응급환자들을 매일 돌봐온 것이다.

가장 인상적인 것은 그가 환자 보호자에게 건네는 한마디 말이다. 이국종 교수는 응급수술을 앞두고 늘 "최선을 다하겠습니다"라고 말한다. 피투성이 주검이나 다름없는 자식을 보며 혼절 직전인 부모를 향해 "온몸이 다 으스러졌다. 너무 많이 다쳤다. 그래도 제가 최선을 다하겠다. 최선을 다하겠다"고 거듭 약속한다. 그리고 정말 최선을 다한다. 그가 어떻게 최선을 다하는지는 영상을 보면 알 수 있다. 내 글은 그 처절함의 한 조각도 옮길 수 없다.

"최선을 다하겠다"는 말의 무게에 대해 생각해본다. 가슴이 무겁게 주저앉고 온몸이 떨린다. 입버릇처럼 해오던 말이다. 너무 많은 사람에게, 너무 많은 시간에게, 너무 많은 스스로에게 얼마나 자주 최선을 약속했는지 모른다. 일주일 다이어트 운동하면서도, 낚시 가서 물고기 잡으면서도, 양은냄비에 라면 하나 끓이면서도 최선을 다하겠다고 떠들었다. 글 쓰는 데, 공부하는 데, 하루 먹고사는 데 한 번도 최선을 다한 적 없으면서 그만큼이 최선이라고 스스로를 속이고, 타인을 속이고, 삶을 속였다. 부끄럽다. 그래서 입을 닫기로 한다. 최선을 다한다는 말은 정말 그럴 수 있을 때에만 하는 것이다. 모든 능력과 경험, 육체, 정신, 절실함을 다 쏟아 부을 수 있을 때에만 하는 것이다.

'다하다'의 사전적 정의는 "어떤 것이 끝나거나 남아 있지 아니하다"이다. 수술한 환자가 결국 사망하자 이국종 교수는 유가족에게 "죄송합니다" 하며 고개를 숙인다. 그게 전부다. "최선을 다했지만 어쩔 수 없었다"라고 하지 않는다. 이미 다한 최선을 다시 끌어다 쓰지 않는다. 나는 "죄송하다"가 모든 걸 쏟아 부어 죽을힘을 다했는데도 결과가 좋지 않았을 때 겨우 하는 말이란 걸 또 알았다. 나에겐 그저 잠깐의 부담이나 불편함을 피하기 위해 수없이 남발해온 말일 뿐이다. "최선을 다하다"와 "죄송하다" 사이에서 내 삶은 자주 교활했다. 비닐풍선처럼 가짜 약속과 거짓 사과로 부풀기만 했다.

나처럼 "최선을 다하겠다"는 말과 "죄송하다"는 말을 밥 먹듯 하는 사람들이 있다. 정치인들이다. 이국종 교수와 팀원들의 헌신이 세상에 알려지면서 턱없이 부족했던 중증외상치료기관이 조금씩 확대되는 가운데, 아주대병원 경기남부권역외상센터 개소식이 열렸다. 테이프 커팅과 기념촬영 순서에서 센터장인 이국종 교수는 저쪽 귀퉁이에 밀려나 있었다. 프레임 안에 들어오지 못해 결국 사진에서 잘렸다. 도지사, 부지사, 국회의원, 도의회 의장, 시의원 등 최선을 다해 눈도장 찍고 공적 부풀려 질기게 연명해온 자들만 우글우글했다. 그게 그 사람들의 최선이다. 이국종 교수는 금방 자리를 떠 다시 죽음과 싸우러 갔다. 한 사람을 알려면 그의 최선이 어느 곳에 머무는지를 보면 된다. 내 최선은 어딜 향하고 있을까. 당신의 최선은 지금 어디 있는가.

# 지진도 흔들 수 없는 인간애

지진으로 포항시가 고통 받고있다. 건물들이 부서지고, 삶터를 잃은 이재민들이 영하의 추위에 대피소에서 쪽잠을 자고 있다. 수학능력시험 고사장들이 파손되어 수험생 안전이 우려되는 상황에 정부는 수능시험을 일주일 연기했다. 사상 초유의 일이다. 국가적 재난사태인 것이다.

지난 15일 오후 규모 5.4의 지진이 발생했다. 지진 발생을 알리는 긴급재난문자를 확인하자마자 서울에서도 지진이 느껴졌다. 원고를 쓰려 책상에 앉아 있었는데 책상과 방바닥이 기우뚱 흔들리는 것을 체감했다. 멀리 떨어진 서울에서도 깜짝 놀랐는데, 진앙지인 포항 시민들의 충격과 공포는 이루 말할 수 없을 것이다. 겪어보지 않은 일이라 가늠조차 못하겠다.

당연한 이야기지만 하루빨리 피해복구와 보상이 이뤄져 시민들의 삶이 제자리로 돌아가야 한다. 추가 지진 피해를 방지하기 위한 대책들도 제대로 마련되어야 한다. 지진이 일어나지 않기를 바라지만 자연의 일을 사람이 어찌할 수 없는 법이므로, 인간 능력으로 할 수 있는 최선을 다해 대비한 후 자연의 너그러움을 바라야 할 것이다.

아파트, 공공기관, 편의점, 카센터 등에서 촬영된 영상을 보면 지진이 발생한 순간의 긴박함이 서늘하게 피부로 와 닿는다. 땅이 흔들리고 진열대가 넘어지고, 천장과 벽이 무너져 내리는 중에도 시민들은 침착하게 대피했고, 자신이 위험해질 수도 있는 긴급한 상황에서 이웃의 안전을 먼저 챙겼다. 포항시민들의 성숙한 시민의식, 이웃을 향한 배려와 희생, 더불어 삶의 태도가 국민들에게 큰 감동을 주었다.

건물이 마구 요동치는 상황에서 산후조리원 직원들은 너나할 것 없이 신생아들부터 지켰다. 아기들이 누운 침대가 넘어지지 않게 하기 위해 혼신의 힘으로 붙잡고, 한 명 한 명의 아기들을 온몸으로 감싸 안아 낙하물과 충격으로부터 보호했다. 자신이 다칠 수 있는데도 자기 몸을 기꺼이 방패 삼아 내어주었다.

진앙지와 가까워 지진 피해가 가장 심했던 곳은 한동대학교인데, 건물 외벽이 붕괴되는 위험한 상황에서 학생들은 함께 대피하던 중 다리 힘이 풀려 넘어진 청소 아주머니에게로 달려가 일으키고 등을 쓰다듬으며 "어머니, 괜찮아요"라고 다독여주었다. 한 커피전문점의 사장은 손님들과 직원들을 먼저 다 대피시키고 가장 마지막에 건물을 빠져나왔다. 회사원들은 자신보다 동료 직원부터 감싸 안았고, 유치원과 학교에서 교사들은 놀란 아이들을 진정시키며 침착하게 대피하게끔 인솔했다.

시민의식은 이토록 성숙했는데 관료와 정치인, 종교인,

기업가 등 사회지도층이라고 할 수 있는 이들의 의식은 속된 말로 너무나 후졌다. 지진에 견딜 수 있도록 내진설계가 되어 있는 건물은 국내 전체 건물의 7퍼센트도 채 되지 않는다고 한다. 진작 법제화했어야 하고, 법 제도가 아니더라도 건설사들이 자발적으로 했어야만 하는 일이다. "문재인 정부에 대한 하늘의 경고"라며 헛소리를 해대는 정치인, "종교인 과세를 하려니까 포항에 지진이 난 것"이라고 말하는 정신 나간 목사는 이 땅에 다시는 발붙이지 못하게 추방시켜야 한다. 사회 구성원이 되려면 이웃의 아픔에 대한 최소한 공감과 이해는 할 줄 알아야 한다. 그걸 못하는 이들이 사이코패스다. 격리조치가 필요하다.

시민들은 이미 보여줬다. 더 강력한 지진이 오더라도 자신보다 이웃을 먼저, '나'보다 '우리'를 먼저, '혼자'보다 '함께'를 먼저 실천하며 재난을 극복할 준비가 되어 있음을 증명해 보였다. 이제 국가와 '국가'를 자처하는 사회지도층들이 응답할 차례다. 국민이 앞서가는 만큼 국가도 열심히 쫓아와주길 바란다. 지진도 흔들 수 없는 우리의 삶을 때로는 '국가'라는 이름의 당신들이 흔들었다. 이젠 같이 발맞춰 가자.*

* 2017년 11월, 포항에 규모 5.4의 지진이 발생, 672억 원의 피해를 입혔다.

# 죗값이 껌값이라서

2016년에 방영된 드라마 〈시그널〉을 세 번쯤 봤다. 얼마 전 채널을 돌리다 우연히 마지막 회가 재방송되고 있어 잠깐 봤는데, 실수였다. 다 아는 내용인데도 궁금해서 1화부터 16화까지 또 몰아봤다. 그러느라 며칠 잠도 못자고 생활이 피폐해졌다. 나처럼 그 드라마를 기억하는 이들에게는 배우 조진웅이 연기한 이재한 형사의 대사들이 각인되어 있다. "죄를 지었으면 돈이 많건 빽이 있건 죗값을 받게 해야죠. 그게 우리 경찰이 해야 될 일 아닙니까?"라고 묻는 장면은 특히 인상적이다.

'죗값'이라는 단어가 내내 생각에서 떠나지 않는다. 모든 게 다 비싼데 왜 죗값만 턱없이 싼 것일까. 서울 강서구의 PC방에서 30살 남성이 "불친절하다"는 이유로 20대 아르바이트생을 흉기로 잔혹하게 살해했다. 경찰은 이 극악무도한 살인범이 "10년째 우울증을 앓고 있다"고 밝혔다. 심신미약 상태에서 우발적 범행을 저지른 것으로 인정될 경우 중형을 피할 수 있을 것이다. 출동한 경찰의 화해 권고 후에도 분을 이기지 못해 집에 있는 흉기를 가지고 와 피해자를 수십 차례 찌른 계획살인임에도 말이다. 우발적이든 계획적이든 사람

죽이는 일이 너무 쉽고 흔하다. 두려움이나 양심의 가책 따위는 없다. 죗값이 싸기 때문에, 죗값이 껌값이라서.

술에 취해 심신이 미약하니 10년, 조현병 때문이니 7년, 음주운전으로 한 가정을 몰살시켰지만 초범이니까 5년, 동급생을 감금 및 폭행, 강간, 성고문을 해도 미성년자니까 3년…… 이쯤 되면 죗값 바겐세일, 죗값 '눈물의 땡처리'나 다름없다. 다 치러지지 않은 죗값은 결국 죄 없고 선량한 사람들이 목숨으로 치른다. 싼값으로 용서를 줍다시피 한 범죄자들은 출소해서 또 사람을 죽일 것이다. '몇 년 살고 나오면 그만'이니 '가성비' 좋다고, '밥 주고 재워주는 슬기로운 감옥생활 꽤 할 만하다'고 여길 테니 말이다. 그들이 다 치르지 않은, 앞으로도 치르지 않을 죗값 때문에 아무 잘못 없는 우리 가족과 이웃이 죽임당하고 성폭행당하고 벽돌에 머리가 깨지고 칼에 찔린다.

알바니아 소설가 이스마일 카다레가 쓴 〈부서진 사월〉은 '카눈'에 대한 이야기다. '카눈'은 알바니아의 오래된 관습법이다. "피는 피로 값을 치른다." 누군가 살해되면 그 가족은 '피의 복수'를 할 수 있다. 살인자나 그 집안의 남자를 죽일 수 있는 권리를 보장받는 것이다. 그렇게 '피의 복수'는 죽고 죽이는 끝없는 악순환으로 이어진다. 이 폭력적이고 야만적인 관습법은 1900년대 초에 사라졌다가 1990년대에 들어 다시 부활했다. 공산정권이 무너진 후 새로 들어선 정부가 너무나도 부패했기 때문이다. 부패한 정부와 공권력 아래서 법이 제 기능을 못하자 일부 알바니아인들은 옛 관습법인 카눈을 따르기 시작했다. 필리핀에서 두테르테가 대통령이 된 것도 같은 맥락이다. 마약, 강도, 살인, 성범죄 등 강력범죄를 통제하지 못하는 사법체계를 불신하던 국민들은 "흉악범을 모두 죽이겠다"고 선언한 두테르테에게 환호했다.

현대의 법은 고도로 체계화되었으나 법이 닿지 못하는 구석이 있다. 법이 손쓸 수 없는 슬픔과 고통이 넘쳐난다. "법대로 하라"는 말은 힘을 잃어가고, 때로는 법이 억울한 피해자에게 2차 가해를 하기도 한다. 우리나라 법체계는 알바니아나 필리핀과 비교할 수 없을 만큼 우수하다. 다만 죗값이 비싸야 법에도 힘과 권위가 생긴다. 법이 무섭게 느껴져야 한다. 제 손에 들린 칼보다 법 심판의 칼날이 훨씬 날카롭다는 걸 알면 칼을 내려놓을 수밖에 없다. 이러다 내가 죽는다는 불안감이 들어야 한다. 감히 죄 지을 엄두조차 못 내야 한다. "내 법에는 공소시효가 없다"며 자신이 직접 살인범을 처단하겠다던 '개구리소년' 아버지의 피 맺힌 절규를 아직 기억한다. 영화 〈밀양〉에서 전도연은 신에게 따져 묻는다. "내가 아직 용서 안 했는데 누가 용서를 해?"라고.

# 너그러운 사회

피아니스트 백건우 씨 공연 중 예기치 못한 일이 벌어졌다. 한 자폐성장애인이 갑자기 무대로 올라 피아노 건반을 누른 것이다. '지적장애인을 위한 음악여행' 공연이었기에 어느 정도의 돌발 행동은 예상했어도 무대 난입은 무척 당황스러웠을 것이다. 그럼에도 백 씨는 전혀 동요하지 않고 자신의 옆에서 건반을 치는 지적장애인을 향해 미소 지었다. 안내원이 그를 객석으로 인도할 때까지 온화한 얼굴로 연주를 멈추지 않았다.

공연을 마친 일흔의 거장은 "무대에 오른 지적장애인과 같이 놀 수도 있었는데 음악회라서 그러지 못했다"며 아쉬워했다. 객석이 소란스럽지 않았느냐는 기자의 질문에 "소리를 지르는 건 그 아이들의 표현"이라며 지적장애인들을 감쌌다.

탈권위적 자세, 친절과 매너, 무대에 난입한 지적장애인과 관객 양쪽 모두를 배려하는 아량은 박수받아 마땅하다. 그를 더 빛나게 한 것은 '당연한 권리를 방해하는 간섭'에 대처하는 자세다. 온전히 자기 것인 무대 일부를 타인에게 내어주면서, '건반 위의 구도자'는 희생과 관용의 아름다움을 세상에 보여주었다.

어린 시절, 아버지에 관한 추억 중 잊히지 않는 것이 있다. 원주 섬강으로 온 가족이 피서를 갔다. 자갈밭에 텐트 치고 삼겹살과 라면 만찬을 즐기는 중이었다. 행색이 남루하고 걸음걸이가 부자연스러운 한 사내가 다가오더니 가족들이 앉은 돗자리에 진흙투성이 운동화를 신은 채 올라왔다. 땀 냄새와 온갖 악취가 진동했다.

어눌한 말투로 "배가 고프다"고 했다. 지적장애인으로 보였다. 모처럼의 가족 여행이 불청객에 의해 방해받는 상황, 손짓이나 험한 말로 쫓아낼 수도 있었을 텐데 아버지는 그를 자리에 앉히고 라면을 새로 끓여주었다. 한 개로는 부족하다며 두 개를 끓여서 고봉밥, 김치와 함께 내어주었다.

분식집 배달 아르바이트를 하던 고등학생 때 일이다. 낯선 주소로 하는 배달이라 한참 헤맸다. 거의 한 시간이 지나 도착한 곳은 쪽방촌, 어둠과 습기로 가득 찬 계단을 올라 단칸방 문을 두드렸다. 한눈에 보기에도 기력이 쇠약한 여자가 문을 열었고, 그녀 남편은 가래 기침을 뱉으며 비쩍 마른 몸을 이불에서 막 일으켰다.

곰팡이 냄새 진동하는 방바닥에 음식을 내려놓으며 나는 머리를 숙였다. 쫄면과 짬뽕라면이 불어터져 있었다. 그러나 그들은 "찾아오느라 고생했을 텐데, 괜찮다"며 웃어 보였다. 미안함과 고마움, 안쓰러움이 뒤섞인 얼굴로 눅눅한 계단을 내려왔다. 몇 시간 후 그릇을 찾으러 갔을 때, 나는 울었다. 깨끗하게 설거지된 그릇이 계단 아래 놓여 있었기 때문이다.

내 권리가 타인에 의해 방해받을 때, 완전하게 계획된 어떤 순간이 계획된 바 없는 우연한 간섭에 의해 헝클어질 때 백건우 씨와 아버지, 가난한 쪽방 부부는 자신의 것 일부를 타인과 나눔으로써 불청객의 방해를 반가운 방문으로, 간섭을 뜻밖의 기쁨으로 바꿨다. 불편을 감수하는 희생, 약자에 대한 배려, 실수를 용서하는 관용은 더불어 삶을 가능하게 하고, 인간의 위엄은 거기서 비롯된다.

충격적인 일이다. 한 남성이 아파트 외벽 작업자의 핸드폰 음악 소리가 시끄럽다며 옥상으로 올라가 밧줄을 끊어버렸다. 작업 밧줄이 아니라 한 사람의 목숨과 다섯 자녀를 둔 가정의 행복이 매달린 생명줄을 끊은 것이다. 단지 시끄럽다는 이유로, 잠을 방해받는다는 이유로 저지른 극악무도한 미친 짓이다. 분노조절장애나 폭력성은 개인의 문제이지만, 내 권리가 간섭받을 때 한 발 양보하는 것에 인색한 사회 풍조를 돌아보게 된다.

약자에게는 희생을 강요하면서 정작 자신은 조금도 양보하지 않는 기득권과 '갑'의 놀부 심보가 사회 전체에 암처럼 퍼져 있다. 강자에게 당당히 내 권리를 주장할 수 있는 정의로운 사회, '을'과 약자에게는 내 것 일부를 양보해 함께 풍요로워지는 '너그러운 사회'를 기다린다.

# 배설의 말, 말, 말

말이 넘쳐나는 세상이다. 말이 말을 낳고, 말이 말을 죽인다. 이름과 직업, 성별, 나이를 알 수 없는 수많은 이들이 말의 바다를 이루고, 이름이 곧 한 분야를 대표하는 전문가들이 말 한마디로 파도를 일으키면 언론은 그걸 기어이 쓰나미로 만든다.

눈여겨볼 문장과 귀담아 들을 목소리들도 있다. 거름이 풍부하게 뿌려진 땅이라야 싹도 돋고 열매도 나는 법이지만 꼭 필요한 몇 마디 말을 얻기 위해 견뎌야 하는 거름의 악취가 심하다. 악플이야 말할 것 없고, '합리적 의심'이니 '합당한 문제제기'도 들여다보면 비합리적인 오해이거나 부당한 꼬투리잡기인 경우가 많다.

말은 곧 생각이다. 생각이 들고 판단이 서면 인간은 말한다. 그런데 도처에 널린 말들은 생각이 아니라 감정이다. 생각이 되지 못한 자의식이다. 생각이 없는 감정, 감정이 없는 생각, 생각만 있는 신념, 신념 없이 따라 읊는 흉내뿐이다. 그저 어떤 대상을 비난하기 위해 하는 말, 남들의 주목을 받고 싶어 하는 말, 비판을 위한 비판, 말을 위한 말들이 너무나도 많다.

사람들은 말을 할 때 듣는 사람을 별로 신경 쓰지 않는다. 그가 잘 듣고 있는지, 내 생각이 잘 전달되고 있는지는 중요하지 않다. 초등학교 때 배운 '청자를 고려한 말하기'에 성실한 사람을 별로 보지 못했다. 다들 말하는 자기 자신에만 집중하고 도취한다. 일종의 나르시시즘일 수도 있겠다는 생각이 든다. 그들에게 말과 글은 타인과의 소통의 수단이 아닌 자기 성취의 도구다. '오, 내가 이토록 말을 잘하다니!', '저 사람 지금 내 말에 기가 죽었군!', '나는 이런 말도 할 줄 아는 사람이야!', '내가 이렇게 똑똑하고 깨어 있다고!'… 누구나 1인 미디어를 소유한 SNS 시대엔 '자뻑'의 말하기와 자기도취의 글쓰기가 기본값이 된 듯하다.

말을 통한 허영 충족과 도취, 과시, 과도한 자의식 배출도 문제지만 더 곤란한 건 분노의 여과 없는 분출이다. 생각을 거치지 않은 감정들이 말과 글을 입고 마구 쏟아진다. 방뇨, 배변, 배설, 타액 분비와 같다. 사회 이슈를 두고 벌어지는 언쟁들 가운데 감정을 식히고 차분히 여과해낸 생각을 발견하기란 어려운 일이다. 끓는 기름 같은 그 말들 속에서 인간에 대한 연민과 이해, 이웃을 향한 배려와 공감을 찾을 수 없다. 그렇다면 대체 그 모든 말들은 무엇을 위한 것일까. 말들이 품은 살기와 적대감, 허세, 자의식들은 어디로 흘러가는 걸까.

이른 아침부터 옆집 공사 소음이 심했다. 잠을 설쳐 험한 말들이 입안에 우글거렸다. 참지 못하고 나가 따지려는데 집

주인이 몹시 미안해했다. 연신 허리를 굽히는 모습에 마음 약해져 "어쩔 수 없죠" 하고 들어왔다. 창틈으로 인부들의 대화 소리가 들렸다. "담배 한 대 태우고 합시다", "김 형은 올해 몇이오? 애들은 다 키웠소?", "오십여섯인데 결혼을 못했어요", "아이고, 어쩌다가…", "가진 게 없으니… 잘 사는 사람들이 있으면 우리처럼 못 사는 사람도 있어야죠"

나는 눈물이 왈칵 쏟아질 뻔했다. 아침만 아니었어도 당장 소주 한잔 하시자며 그분들 팔짱 끼고 동네 순댓국집에 갔을 것이다. 소음 때문에 열 받아 입안 가득 머금었던 험한 말들이 부끄러웠다. 말하기 전에 생각하자, 말의 목적은 결국 인간에 대한 공감과 사랑이다, 반성하고 또 반성했다.

그리스 회의론자들이 말한 '에포케(epoche)'는 '판단의 보류'를 뜻한다. 지식은 완전치 않으므로 쉽게 판단하고 확언하는 태도를 경계해야 한다는 것이다. 말하고 싶은 욕망을 다스리는 것, 생각보다 앞서는 감정을 억누르는 것, 말의 목적이 무엇인지 고민해보는 것, 허영과 자의식 배설의 욕구를 참는 것, 그 '에포케'가 우리에겐 필요하다.

# 이르쿠츠크에서
# 영등포행 버스를 타다

사전투표를 마치고 러시아 이르쿠츠크에 왔다. 바이칼 호수를 앞에 두고 울란우데와 마주 보는, 러시아와 몽골 접경지대에 위치한 도시. '시베리아의 파리'로 불리는 이르쿠츠크는 바이칼로 가는 기점이다. 이곳에서 승합차를 타고 네 시간을 달리면 인류가 20년 동안 마셔도 그 물이 마르지 않는다는, 세계 최대의 담수호에 닿을 수 있다.

낙후한 공항, 음울하고 차가운 회색 밤하늘 아래 'IRKUTSK'라고 적힌 입구를 촬영하다가 키가 큰 여경에게 제지당했다. 입국심사대 앞에 줄을 선 사람들의 반은 고려인, 나머지 반은 러시아인과 여행자들이었다. 러시아어와 영어, 한국어까지 3개 국어로 진행된 깐깐한 입국심사와 마약탐지견을 동원한 보안검색을 통과하느라 진이 빠졌다.

밤 10시, 현지 숙소 주인인 '닉'이 구형 현대차를 타고 마중 나와 있었다. 영어를 전혀 못하는 닉과 '스파시바'밖에 모르는 나는 서로 말이 없었다. 시베리아의 봄 추위에 익숙치 않을 나를 위해 히터를 무척 세게 틀어놔서 보드카 마시기도 전에 온몸이 화끈거렸다. 나를 'poet'이라 소개했지만 알아듣지 못해 '코리안 푸시킨' 했더니 고개를 끄덕였다.

밤에 내리던 비가 그쳐 창밖 아침이 맑았다. 한국의 4월처럼 따뜻했다. 레닌 거리를 향해 걸었다. 교복 입은 초등학생들, 장신의 슬라브 미녀들, 나와 머리칼, 피부, 눈동자 색이 같은 고려인들이 눈에 띄었다. 한국어로 '터미널', '자동문', '영등포' 등이 적혀 있는 버스들이 시내를 달렸다. 노후 버스를 몽골 등에 수출한다는 얘기를 들은 적 있지만 직접 눈으로 보니 신기했다. 이르쿠츠크에서 영등포행 버스를 탔다.

그런데 이 버스들이 내뿜는 매연이 지독하다. 90년대 서울 시내를 누비던, 진작 폐차되었어야 할 차량들이다. 노란 테이프로 헤드라이트를 칭칭 감거나 범퍼가 박살 난 채로 달리는 일반 차들도 검은 연기를 뿜어댄다. 앙가라강 다리를 지나는데, 숨 쉴 수 없을 만큼 매연이 독했다. 끈적한 공기에서 나는 기름내, 오래된 목조건물들의 나무 냄새, 부서진 담벼락 시멘트 냄새 등 이르쿠츠크에선 내 유년의 서울을 채우던 온갖 나쁜 '도시의 냄새'들을 다 맡을 수 있다.

카잔 성당으로 가는 길, 공장과 중고차 시장, 한국차 전용 공업사, 부탄가스와 초코파이를 쌓아두고 파는 고려인 상점이 뜨문뜨문 위치한 외곽 지대에 다 허물어져가는 목조주택들이 있다. 판자촌이다. 빈티지한 분위기가 좋아 사진을 여러 장 찍는데, 사람 없는 폐가처럼 보이는 나무더미에서 아기를 등에 업은 고려인 여자가 나와 빨래를 널었다. 나는 몹시 미안했고, 마음 한 구석이 아려왔다.

스탈린의 강제 이주 정책으로 17만 5천 명의 조선인들이 화물열차에 짐짝처럼 실려 시베리아와 중앙아시아에 버려졌다. 그중 1만 명이 얼어 죽고 굶어 죽었다. 80년 전 일이다. 그러나 고려인들은 강한 생명력으로 황무지를 개척하고 공동 농장을 경영하는 등 끝까지 버티고 살아남아 러시아 내 가장 영향력 있는 소수민족이 되었다. 2016년 러시아 총선에서 고려인 의원이 당선된 곳이 바로 이르쿠츠크다.

한국인들이 처음 연해주로 이주한 것은 1863년 철종 14년 때다. 곤궁함을 견디지 못하고 얼어붙은 두만강을 건너 블라디보스톡과 하바롭스키 등에 정착했다. 철종은 조선사에서 가장 무능한 지도자로 꼽힌다. 19세에 즉위했는데 대왕대비 김씨의 수렴청정과 외척 안동김씨 일가의 세도정치에 꼭두각시 조종당했다. 여색에 빠져 지내다 병 걸려 죽었다. 민생은 파탄 나고, 곳곳에서 민란이 일어났다.

수렴청정과 세도정치, 익숙한 단어다. 나무판자 집에서 빨래를 너는 고려인 여자를 보며 한국을 떠올린 것은 우연이 아니다. 마침 제19대 대통령 선거가 열린다. 이 글이 지면에 실릴 땐 당선인이 확정된 후다. 누가 되었든, 한국을 계속 살고픈 나라로 만들어주길 바란다. '헬조선'에서 도망쳐도 살길 막막했던 고려인들의 아픔이 재현되지 않도록 말이다.

# 바이칼의 감동

이르쿠츠크에서 버스를 타고 황량한 시베리아 벌판을 달렸다. 고려인들이 화물열차에 실려 와 버려졌던 땅, 광막한 들판 너머로 지평선이 시간을 끊임없이 데려가고 있었다. 얼어붙은 땅을 맨손으로 파헤쳐 감자 심고 끈질기게 살아남은 고려인 1세대들도 저 지평선에 실려 아득한 먼 곳으로 사라졌겠지. 생각에 잠긴 사이 버스는 알혼섬에 도착했다. 포장도로와 흙길, 물길을 번갈아 가며 여섯 시간 걸렸다.

알혼섬 일대는 한민족의 시원지이자 샤머니즘이 발생한 곳으로 잘 알려져 있다. 우리의 먼 조상들은 바이칼 호수 유역에 정착해 살다가 몽골과 만주를 거쳐 백두산으로 내려왔다. 시인 백석이 "아득한 옛날에 나는 떠났다 … 나는 그때 자작나무와 이깔나무의 슬퍼하든 것을 기억한다"(「북방에서」)고 한 것은 우리 민족 이주사(史)에 대한 선험적 원형이다.

그때 같이 내려오지 않고 지금껏 바이칼을 지키는 사람들이 부랴트 민족이다. 그들은 예로부터 샤먼을 의지하는데, 알혼섬 어디에나 서낭당, 솟대, 장승 등 우리 민속신앙과 똑같은 상징물들을 볼 수 있다. 지구상에서 가장 지기(地氣)가 센 곳이라던가. 전 세계 무당들의 성지라고 한다.

그렇다고 부랴트 사람들이 무슨 심령술사라든가 영화 '곡성'에 나오는 박수무당인 것은 아니다. 우리와 머리, 피부, 눈동자 색이 같으며 알타이어계 말을 구사하는, 오래 전에 갈라진 한 핏줄이다. 친절하고 소박한 사람들, 저녁상에 우리 음식과 비슷한 돼지고기찜과 나물무침을 차려주었는데, 정말 맛있어서 나는 배가 터지도록 먹었다.

옥타비오 파스가 "샤먼들은 사물에 깃들인 정령들로부터 지혜와 행동의 지침을 얻는다. 사물을 깊이 들여다보고 사물 안의 지혜의 소식과 감정이입의 깊은 공감에 잠길 때 자신의 내부에 솟구치는 특별한 노래와 표현 이미지를 듣고 본다"고 한 말을 떠올리면, 샤머니즘을 믿는 부랴트인들은 사물의 겉모습보다 내면을 더 중시하며, 미물에도 눈과 귀를 기울이는 타자지향의 성숙한 세계 인식을 지닌 사람들이다.

시인인 나 역시 샤먼의 기질을 타고난 게 분명하다. 얼음이 녹지 않은 바이칼 호수의 칼바람도, 아찔한 벼랑을 뛰놀다 내게로 와 얼굴을 핥아대는 개들도 다 반가웠다. 내가 잃어버린 고향이 아닐까 하는 생각마저 들었다. 신성한 불칸 바위와 알혼섬의 하늘, 3천만 년을 얼고 녹은 바다 같은 호수를 보며 울었다. 벅찬 가슴을 어쩌지 못하고 들판을 달려가다 넘어졌다. 하나도 아프지 않았다.

무릎 꿇고 엎드려 바이칼 호수 물을 마셨다. 이틀 전 이르쿠츠크에서 마신 러시아산 보드카도, 군 시절 유격훈련 산악 행군 중에 들이켰던 '맛스타'도 그 청량한 맛에 비할 바가 아니었다. 감동과 흥분을 주체할 수 없어서 붉칸 바위 벼랑에 매달려 노래도 불렀다. 결코 '아재'가 아닌데, 왠지 〈광야에서〉를 꼭 불러야 할 것만 같아 목청껏 질렀다.

나는 쉽게 감동하는 사람이라 알혼섬에 내 노래와 입맞춤, 영혼 몇 다발을 두고 가는 게 몹시 기뻤다. 붉칸 바위에게는 메아리를, 바이칼에게는 키스를 돌려받으러 다시 올 것이라고 다짐했다. 사실 이르쿠츠크 왕복 항공권이 채 50만 원도 안 하는 데다가 네 시간밖에 안 걸리기 때문에 얼마든지 또 올 수 있지만, 바이칼은 다시 못 올 것처럼 괜히 비장하게 떠나야만 할 것 같았다. 아득한 옛날에 우리 조상들이 그러했던 것처럼.

숙소로 돌아와서도 "우리 어찌 가난하리오. 우리 어찌 주저하리오. 다시 서는 저 들판에서 움켜쥔 뜨거운 흙이여"라는 노래의 여운이 가시지 않았다. 내가 불렀지만 가창력이 괜찮았기 때문이다. 3시간에 100루블인 와이파이 티켓을 사서 스마트폰을 열었더니 새 대통령이 주먹 쥔 두 손을 번쩍 들고 있었다. 험한 광야를 앞장서 걸으며 크게 보고 멀리 나아가는 지도자가 되길, 부랴트인에게 배운 대로 합장한 손을 세 번 흔들어 기도했다.

# 2부

# 할 말 있습니다

# '전해라'의 사회학

요즘 인터넷이나 티브이에서 "~한다고 전해라"라는 댓글이나 자막을 자주 본다. 25년간 무명이었다가 하루아침에 유명인사가 된 가수 이애란의 노래 〈백세 인생〉 패러디들이다. 이 씨가 안면근육을 모두 사용하여 유사 하회탈 얼굴로 열창하는 장면에 "못 간다고 전해라"라는 노랫말이 적힌 캡처 이미지가 SNS에서 선풍적 인기를 끈 게 이 패러디 현상의 시작이다. '전해라'의 유행에 힘입어 이 씨는 각종 티브이 프로그램과 뉴스에까지 출연했다.

"육십 세에 저세상에서 날 데리러 오거든 아직은 젊어서 못 간다고 전해라", "칠십 세에 저세상에서 날 데리러 오거든 할 일이 아직 남아 못 간다고 전해라" … "백 세에 저세상에서 날 데리러 오거든 좋은 날 좋은 시에 간다고 전해라"로 이어지는 이 노래는 무병장수의 기원을 담고 있어 환갑이나 고희, 팔순 잔치 등의 대박 행사곡과 노년층 애창곡을 목표로 만들어졌을 것이다. 20년 묵은 이 노래가 어느 날 갑자기 젊은 층의 폭발적 반응을 얻으며 전 세대를 아우르는 유행가가 될 줄 그 누가 알았겠는가.

한마디로 요약하면, 한낱 인간이 염라대왕과 저승사자에

게 배짱 부리며 개기는 내용이다. 이 '배짱'과 '개김'에서 많은 사람들이 대리만족의 통쾌함을 느끼는 것 같다. 절대적 권력, 슈퍼 갑에게 당당하게 자기 할 말 다 하는 로망이 "부장이 야근하라 하거든 금요일이라 칼퇴근한다고 전해라", "남편이 밤늦게 밥 차리라 하거든 라면 끓여 먹으라고 전해라", "교수님이 과제 제출하라 하거든 노느라 못 한다고 전해라" 같은 패러디를 양산시키고 있다.

그런데 사실 "~한다고 전해라"의 어법은 할 말 다 하는 배짱과는 거리가 멀다. 위의 패러디들도 익명의 온라인 공간에서만 소비될 뿐이다. 어떻게 해볼 수 없는 대상을 향해 큰소리 뻥뻥 치는 상상하면서 쾌감을 느끼는 것이다. 직접 말할 용기가 없거나 명분이 서지 않을 때, 또 말의 수신자와 물리적 · 심리적 거리가 멀 때 우리는 주로 전언을 사용한다. 중학교 시절 옆 학교 주먹 좀 세다는 놈과 한 학기 내내 "나 피해 다니라고 전해라", "까불다 죽는다고 전해라", "금요일 방과 후에 봉천동 공사장으로 오라고 전해라", "거긴 네 앞마당이니 신림동 지하주차장으로 오라고 전해라" 따위 졸렬한 전언들로 신경전을 벌이다 정작 대면했을 때 싱겁게 악수하고 끝냈던 기억을 떠올리면, '전해라'는 확실히 대범함보다는 소심함 쪽에 가깝다.

개인과 개인의 간극이 넓은 사회가 전언의 일상화를 부추긴 것은 아닐까. 직접 말할 만큼 살가운 밀착이 불가능해져서 매개를 통하지 않고서는 마음을 전달할 수 없는 소통 장애는 아예 시대병이 된 듯하다. 언론을 통해 전언만 앞세우는 정치인들은 국민과 불통한다. 말 바꾸기가 횡행하고, 자기 말에 책임지는 사람들을 찾아보기 힘든 세태가 '전해라'를 남발하게 한 것은 아닌지 모르겠다. 전언에는 발뺌과 물타기의 공간이 늘 존재해서, 최초 발화자나 그 말을 전한 사람이 "나는 그런 말 한 적 없다"든가 "그저 말을 전했을 뿐"이라고 항변하는 건 자주 있는 일이다.

백 세도 못 사는 인생인데, 할 말 있으면 시원하게 하고 살자 전해라! 그러나 당분간 '전해라' 유행은 사그라지지 않을 전망이다. 이렇게 된 바에 전언의 형식으로 직접 말하자. 손발이 오그라들더라도 "엄마, 사랑한다고 전해라", "여보, 고맙다고 전해라", "아들딸아 자랑스럽다고 전해라"라고, 이럴 때 유행어 핑계로 한번 해보는 거다.

어떤 일을 해낼 용기와 명분과 능력이 다 없거나 셋 중 하나라도 모자랄 때 전언은, 일부러 여러 사람 들으라는 선언의 성격을 나타내며 주목과 도움 요청의 방법이 되기도 한다. 요즘 화제의 전언은 "직권상정하라고 전해라"인 것 같다. 정치를 잘 모르고, 큰 관심도 없는 나는 용기와 명분과 능력이 다 있음에도 새해를 향해 이렇게 외치는 중이다. "내년에는 장가가고 싶다고 전해라!"*

* 2016년 1월 당시 정의화 국회의장은 야권의 반대에 부딪친 '경제활성화법안'에 대한 직권상정을 거부해 박근혜 대통령 및 여당과 갈등을 빚었다. 국회의장 직권상정이란 입법부 수장인 국회의장이 직권으로 안건을 본회의에 상정에 처리하는 것을 뜻한다.

# '불가역'을 생각하다

2016년 새해는 '불가역(不可逆)'이라는 말과 함께 왔다. 한일 양국의 위안부 문제 협상 발표문에 나온 말이다. 절대 바뀔 수 없다, 즉 위안부와 관련해서는 이제 다 끝난 얘기라는 것이다. 이 협상의 하이라이트는 합의 결과에 대해 번복하기 없기, 딴소리하기 없기, 다시는 위안부로 시비 걸기 없기를 약속하면서 우리나라가 일본으로부터 10억 엔을 받기로 한 것이다. 굴욕 외교라는 비난이 거세다. 돈으로 환산할 수 없는 할머니들의 고통을, 오랜 세월 국민들이 지켜온 소중한 가치를 고작 97억 원이라는 푼돈에 팔아넘겼다는 이유다.

도박 및 알콜 중독의 무능한 아비가 집문서나 땅문서, 자식이 손수 마련한 대학 등록금을 술값과 판돈으로 엿 바꿔 먹듯 탕진하는 내러티브가 외교에서도 적용될 수 있다는 데 놀랐다. 이러한 불가역 협상은 보통 사기꾼의 달변에 속아 넘어가거나 내 사정이 도무지 궁하여 '눈물의 땡처리'를 해야만 할 때, 또는 세상 물정 하나도 모르는 천치일 때 이루어지곤 한다. 내게도 뼈저린 불가역 협상의 기억들이 있다.

유치원을 겸한 태권도장에 다니던 여섯 살, 서울대공원으로 간 가을 소풍에서 보물찾기를 했다. 나무 위와 바위틈 등에 숨겨진 종이를 찾으면 거기 적힌 상품을 주는, 일종의 경품 행사였다. 잔디밭을 한참 헤매다 꽃덤불에서 종이를 발견했다. '학용품'이라고 쓰여 있었는데 나는 학용품이 뭔지 몰랐다. 한 살 위 형에게 물어봤더니 그거 별로 좋은 거 아니라면서 자기랑 바꾸잔다. 그래서 바꿨다. 바꾼 종이에는 '비누곽'이라고 쓰여 있었고, 집에 와 엄마에게 비누곽 습득의 과정을 말한 나는 등짝을 얻어맞았다. 연필과 샤프, 지우개, 노트 등으로 구성된 학용품이 1등 상품임을 알았을 땐 이미 불가역 상태였다. 물정 모르는 천치가 사기꾼의 꾐에 넘어간 복합적 사례다.

사정이 궁하여 어리석은 거래를 한 적도 있다. 장교로 군복무를 마치고 홀로 자취하며 대학원에 다닐 때, 한 일 년 버티다 생활비가 없어 막막했다. 책을 사 보기는커녕 전기와 가스마저 끊길 지경이었다. 책상에 멍하니 앉아 있는데 장교 임관기념 반지가 생각났다. 금값이 한창 오를 때였다. 며칠을 고민하다 금 거래소에 가서 팔아먹었다. 산 값보다 두 배 넘게 받았다. 처음이 어렵지 그다음엔 별로 고민도 안했다. 돌잔치 때 선물받아 유년기부터 20여 년을 쓴 내 은수저와 돌아가신 할아버지의 은수저 각 한 벌을 내다 팔았다.

그렇게 해서 월세도 내고 라면도 사 먹고 하면서 며칠 잘 지냈다. 그런데 얼마 지나지 않아 후회가 밀려왔다. 잠깐의 어려움에 현혹되어 영혼을 내다 판 것 같은 자책감에 괴로웠다. 내가 헐값에 넘긴 것은 임관기념 반지가 아니라 영천 3사관학교의 폭염과 고된 훈련, 그걸 이겨낸 자부심이었다. 그 반지 하나를 얻으려고 바쳤던 육체와 정신의 아름다운 고통이었다. 은수저 한 벌이 아니라 숟가락에 국물보다 먼저 고이던 아침 햇살, 밥 한 술에 담긴 사랑과 유년의 추억, 할아버지에 대한 은빛 기억들을 나는 팔아먹은 것이다.

우리나라가 일본한테 사정이 궁했던 모양이다. 그걸 안 일본이 교활하게 꼼수를 부려 우리를 바보 천치로 만들었다. 이 협상으로 일본과의 외교가 정상화되어 당장 얼마간 이득을 볼 순 있겠지만, 시간 지나면 어느 시인의 말처럼 그 자리마다 모두 폐허가 되어 뼈아픈 후회를 삼킬 것이다. 명분을 포기한 실리는 결코 이익이 아니다. 그렇잖아도 이 나라는 청년들에게 연애도 결혼도 출산도 엿 바꿔 먹게 하는 불가역 거래를 강권하는데, 마땅히 지켜야 할 것을 쉽게 내다 팔아버림으로써 타의 모범이 되었다.

그나저나 그때 내게 비누곽 쥐어준 그 자식은 학용품으로 공부나 열심히 했을까? 이리저리 잔머리 굴려 성공한 사람이 되었을까? 어림도 없지! 절대 그랬을 리 없다. 27년 묵은 뒤끝이다.*

* 당시 박근혜 정부는 일본과의 위안부 합의에서 일본 정부로부터 피해자 지원금 10억 엔(한화 약 111억 원)을 받는 조건으로 "위안부 문제가 최종적 및 불가역적으로 해결될 것임을 확인한다"는 조항에 서명해 국민의 분노를 일으켰다.

# 불편한 솔선수범

공병 장교로 근무하던 군대 때 일이다. 이제 막 자대에 부임한 초급 장교였던 내게 주어진 첫 임무는, 그 이름도 거창한 '박정희 전 대통령 사단장 공관 복원' 공사였다. 소대원들과 함께 폐가나 다름없던 옛 공관을 맨손으로 부수고 뜯어내고 파내며 기초 공사를 했다. 굴삭기를 비롯한 공병대 중장비가 주요 공사를 하는 동안 나와 소대원들은 나무에 올라 벌집을 제거하고, 인근 민가의 개집을 철거하고, 돌을 뽑아낸 진입로에 잔디를 심었다.

준공식 날, 하늘이 뚫린 듯 폭우가 쏟아졌다. 군사령관과 사단장 등 별들의 향연에다 군수, 도의원, 기자들까지 모인 가운데 기념식수용 소나무를 운반하는 수레가 진입로를 오르지 못해 행사가 지연됐다. 이등병처럼 얼어 있던 대대장이 갑자기 우산을 내던지고 달려가 소처럼 수레를 밀기 시작했다. 행사 미관을 해친다 하여 안 보이는 구석으로 '치워져' 있던 나와 소대원들도 달려 나가 수레를 밀었다. 소나무는 결국 크레인에 의해 운반되었다. 대대장은 사단장에게 '불굴의 군인 정신'을 칭찬받았지만, 우리들은 다시 치워졌다. 준공식이 끝난 후 속옷까지 흠뻑 젖은 채로 손님들이 남긴 음식을 먹으며 '잔반 처리'를 할 때, 소대원들에게 미안해 고개를 들 수 없었다.

군대에서는 상급자의 솔선수범이 우스운 촌극을 낳는 경우가 종종 있다. 초심을 기억하고자 '처음처럼' 소주만 마신다는 참모장에 의해 모든 부대의 회식 자리는 물론 20년째 두꺼비만 애호한 주임원사까지 술을 바꾸고, 연대장이 자전거 출퇴근을 하자 모든 간부들이 월급을 털고, 신문구독을 신청해 자전거를 장만한 일도 있다. 얼어붙은 저수지를 스케이트장으로 만들어 지역민에게 개방한 날, 먼저 스케이트화를 신고 엉거주춤 빙판을 달리다 자빠진 사단장 뒤로 무궁화와 다이아 수십 개가 일제히 엉덩방아를 찧던 장면은 가히 압권이었다.

어디 군대뿐이겠는가. 퇴근 안 하는 상사 때문에 할 일 없이 자리 지키고 앉은 직원들의 한숨소리는 우리 고유의 기업문화가 되었다. 회사를 사랑해서 일요일에도 출근한다는 전무님 덕분에 사원들은 '월화수목금금금' 마법의 달력을 책상에 올려놓는다. 사장님들은 제발 새로운 취미활동을 자제해줬으면 좋겠다. 등산, 골프, 조기축구, 낚시, 스쿠버다이빙, 심지어 주말농장 가꾸기까지. 어떤 가수는 '취미는 사랑'이라고 노래했지만, 직장인들에게 '취미는 사장'이다.

자신의 말과 행동이 어떤 파급효과를 일으킬지 모르거나 너무 잘 아는 우두머리들이 불편한 솔선수범을 보이곤 한다. 정말 아무것도 모르는 무지함이든 알고 이용하는 속셈이든 '알아서 기는' 아랫사람의 눈치와 만날 때 위와 같은 촌극들이 발생한다. 감화와 감동으로 마음을 움직이는 게 아니라 불안감과 약점을 건드려 마지못해 나서게 하는 것은 솔선수범보다는 협박에 가깝다.

얼마 전 대통령이 경제단체와 기업인 주도의 '민생 구하기 입법 촉구 서명운동'에 참여했다. 영하의 추위를 무릅쓰고 거리에 나가 서명부에 직접 이름을 적은 것이다. 국민의 참여를 독려한다는 나름의 솔선수범인데, 국민운동이 되는 대신 청와대에 '찍힐 것'을 두려워한 정재계의 '진실한 사람 인증'으로 변질되는 모양새다. 회장님 및 기관장님들이 서명하는데 하부조직과 그 직원들이 어찌 가만히 있겠는가. 머잖아 서명운동 행사장에 45인승 관광버스가 들어서는 모습을 보게 될지 모른다.

군자지덕풍(君子之德風)이라고 했는데, 15년만의 최강 한파다. 겨울바람에 온 나라가 꽁꽁 얼어붙었다. 쪽방촌 독거노인들은 난방비 걱정에 입김 나오는 냉골에서 이불 뒤집어쓰고 있고, 한파 여파로 국가의 혈액 재고가 바닥났다고 한다. 서명운동보다 독거노인을 위한 연탄 배달이나 헌혈에 솔선수범한다면 국민들 마음에 따뜻한 봄바람이 불지 않을까.*

* 2016년 1월 당시 야권의 반대와 정의화 국회의장의 직권상정 거부로 인해 정부 주도의 경제활성화 법안이 통과되지 않자 경제단체와 기업인들이 법안 통과를 위한 서명운동을 벌였다. 박근혜 전 대통령이 동참한 후 여당 국회의원들과 재벌 기업 총수들의 참여가 줄을 이었다.

# 정치가 여행이라면

스무 살에 친구와 둘이서 첫 배낭여행을 떠났다. 야간열차에서 자고, 빵 한 조각으로 하루를 버텼다. 몇천 원 아끼려고 버스도 안 타고, 코인라커도 안 썼다. 20킬로그램 배낭을 메고 도시 끝에서 끝까지 걸어 다녔다. 마냥 좋았다. 모든 게 첫 경험이고 낯선 자극이었다.

두 해 뒤 다시 유럽에 갔다. 혼자였다. 야간열차 쪽잠과 굶주림, 행군 수준의 걷기 등은 그대로였지만 내용이 달랐다. 우선 남들이 잘 가지 않는 곳을 여행했다. 그리스 크레타와 산토리니는 그때만 해도 덜 알려진 여행지다. 터키 이스탄불과 헝가리 부다페스트에도 들렀다. 외국 친구들을 많이 사귀었다. 여행 동기가 남달랐는데, 니코스 카잔차키스의 『그리스인 조르바』를 읽고, 나를 주체할 수 없어서 그리스로 날아갔다.

조류독감 진원지 터키 이스탄불에서 감기 기운이 들었다. 약을 먹어야 하는데, 짐 부피를 줄인다며 온갖 비상약을 다 뜯어 넣어 온 게 문제였다. 뭐가 감기약인지 몰라 소화제, 설사약, 멀미약, 진통제, 감기약 등이 섞인 알약 열 알을 한입에 털어 넣고 잤다. 일어나니 멀쩡했다. 그만큼 내구성이 좋았다. 크레타로 가는 아홉 시간의 페리 항해를, 10월 중순의 바닷바람을 맞으며 갑판에서 버텼다. 여행비만 아낄 수 있다면 어떤 고생도 마다하지 않았다.

지난여름, 세 번째 유럽 여행에선 형식과 내용이 모두 달라졌다. 십년 사이 다른 문화권에 대한 거품 같은 환상들이 좀 가라앉아서 아무 거나 다 좋진 않았다. 하고 싶은 건 하고, 먹고 싶은 건 먹었다. 야간열차 대신 비행기로 도시 간을 이동했다. 호텔에서 자고, 그 도시의 가장 맛있는 음식을 그곳 와인과 함께 매일 먹었다. 지중해 한가운데서 스노클링을 하고, 보르도에 가 몇 곳의 샤또(Chateau)를 구경하기도 했다. 꼭 한번 맛보고 싶던, 이베리아 문학에 종종 나오는 코치니요(새끼돼지통구이)를 바르셀로나의 한 레스토랑에서 먹었을 때는 아득한 꿈 하나를 이룬 것 같아 감격스러웠다.

그리고 얼마 전에는 노르웨이에 다녀왔다. 명소 견학 등 낯선 문화 체험과 견문 확장이 그동안 여행의 목적이자 형식, 또 내용이었다면 이번엔 모든 것이 달랐다. 내 취미 활동을 다른 나라에 가서 해보는 즐거움을 만끽했다. 내 생각엔 이 단계가 여행의 상위 2등급 정도 된다. 한국서 쓰던 장비를 그대로 가져가 텐트 치고 캠핑했다. 섬진강에서 쓰던 쏘가리 낚싯대로 60센티미터가 넘는 노르웨이 대구를 낚았다. 일상처럼 여행하고, 여행하듯 일상을 사는 게 가능하겠다는 생각이 들었다. 일찍이 외국으로 자전거 투어를 가거나 스키, 골프 여행을 간 사람들은 여행 고수들이다. 취미를 즐기며 문화 체험은 덤으로 얻어 가는 것이다.

다음엔 최고 단계의 여행을 해야겠다. 아예 현지인으로 사는 것이다. 아프리카든 갈라파고스제도든 간에 가방 하나 없이 맨몸으로 가 현지에서 옷 사 입고, 현지 여성과 연애하며, 취미 활동은 물론 병원, 교회, 헬스클럽, 목욕탕, 관공서를 우리 동네처럼 드나들고 싶다.

하지만 여행에 등급이 어디 있겠는가. 모든 여행은 가치 있다. 내 여행의 변천사는, 이게 좋았다가 저게 좋아지고, 전엔 싫다더니 이젠 좋다고 하는 내 취향 변화의 반영일 뿐이다. 인생의 은유가 여행이라면, 세상살이의 한 형태인 정치도 여행이다. 정치인의 삶을 흔히 정치 여정이라고 하지 않나. 다만 여러 번 여행이 아니라 단 한번 여행이다. 처음 정한 목적과 방향에서 벗어나지 않고 완주해야 한다.

여행자는 국적을 바꿀 수 없는데, 정치인들은 당적을 막 바꾼다. 지역구도 그렇다. 동음이의의 여권에 도장 찍으려고 변장한다. 하고 싶은 거 다 하고, 먹고 싶은 거 다 먹고, 하지 말아야 할 것 하고, 먹지 말아야 할 것도 먹는다. 정치를 지기 취향과 입맛대로 한다. 사진 찍기 좋은 곳에 우르르 몰려간다. 여행처럼, 모든 정치가 가치 있다고 착각하면 안 된다. 유권자들이라도 엄격한 입국심사원이 되어 사람 가려 뽑았으면 좋겠다. 공천이라는 게 꼭 밀입국 같다.

# '백년 동안의 고독'과 총선

『백년 동안의 고독』은 내가 좋아하는 문학 작품이다. 노벨상을 받은 콜롬비아 작가 가브리엘 마르케스의 소설인데, 중남미 문학의 한 경향인 '마술적 리얼리즘'을 대표한다. 환상과 마술, 신화적 요소들이 사실과 혼재되어 있는 것이 마술적 리얼리즘의 특징이다.

이 소설은 정말 재미있다. 싸움에서 진 사내의 피가 산과 들판을 흐르고 골목을 꺾어 자기 엄마 집 주방 벽을 타고 오르는 장면이라든가 모든 남자들을 사랑의 열병에 빠지게 만든 미녀가 남자들이 보는 앞에서 하늘로 승천하는 장면, 집시 예언자 메르키아데스가 선보이는 갖가지 마술들, 돼지꼬리를 단 아이의 탄생 등이 잠시도 눈을 뗄 수 없게 만든다. 여러 번 읽었지만 읽을 때마다 흥분된다.

그런데 읽기가 여간 힘든 게 아니다. 너무도 복잡한 인물관계 때문이다. 이 소설은 환상의 마을인 마콘도를 배경으로 부엔디아 가문의 백년사를 그려내고 있다. 호세 아르카디오 부엔디아와 그의 아내 우르술라에서부터 시작된 가문은 두 아들 호세 아르카디오와 아우렐리아노 대령, 딸인 아마란타로 이어지고, 아르카디오와 아우렐리아노 호세, 17명의 아우렐리아노, 호세 아르카디오 세군도, 아우렐리아노 세군도, 호세 아르카디오, 아우렐리아노, 아마란타 우르술라 등등 손발가락을 다 합쳐도 셀 수 없는 가계(家系)를 이룬다. 읽다 보면 머리가 지끈거린다. 이 호세가 저 호세 같고, 이 아우렐리아노가 저 아우렐리아노 같다. 세군도는 그 세군도가 아니고, 우르술라와 우르술라는 서로 다른 인물이다. 도대체 누가 누군지 모르겠다. 다 똑같고 또 다 다르다. 몇 번을 읽어도 복잡한 가계를 쉽게 파악할 수 없다. 요즘은 아예 책에 '부엔디아 가문 가계도'가 첨부되어 나와 있다. 나는 노트에 일일이 가계도를 그려가며 이 소설을 읽었다는 자부심을 항상 느낀다.

이렇게 복잡하기 짝이 없는 소설보다 더한 혼돈을 요즘 매일 보고 있다. 누군가의 정치적 아들을 자처하는 자들이 우르르 쏟아져 나온다. 너도나도 아들이란다. 자기가 적통이고 계승자라며 저들끼리 싸우다가 자기 아버지 등에 칼을 꽂거나 부관참시 하는 촌극을 일으킨다. 어제의 철천지원수들이 오늘 동지가 되고, 단짝들이 갈라선다. 이쪽이 파랗더니 저쪽이 파랗고, 저쪽이 빨갛더니 이쪽이 빨갛다. '빨갱이'라면 치가 떨린다는 사람들이 빨간 물감 뒤집어쓰고 있다. 이미 사멸된 것이나 마찬가지인 '한나라당'과 '민주당'이 부활했다. 후보 등록을 마친 정당 수만 25개다.

하도 옮겨 다니고 뛰쳐나가는 통에 누가 여당이고 야당인지 모르겠다. 헷갈린다. 헷갈리니까 대충 찍는 수밖에 없다. 1번이든 2번이든 3번, 4번이든 찍어봤자 다 오답일 게 분명하다. 투표를 앞둔 마음이 꼭 공부 안 한 과목 시험지를 받아든 것만 같다. 아니다. 나는 열심히 공부했는데 시험 문제가 엉터리로 나온 경우에 더 가깝겠다. 국민들이 보기엔 다 똑같은 아우렐리아노들인데, 자기들끼리는 피아식별이 분명하다. 홍길동이 퍼스트네임이고 미들네임, 라스트네임은 따로 있다. '진실한 사람', '혼이 정상인 사람', '친노', '친문', '반노', '안측', '천측' 등등 말이다. 한국 정치사 최고의 코미디는 허경영이 아니라 정당 이름 '친박연대'다.

이 꿀꿀이죽 같은 마구섞어잡탕을 보고 있으니 머리 아프고 밥맛도 떨어진다. 신문은 집어던지고 『백년 동안의 고독』이나 다시 펼쳐야겠다. 그 많은 등장인물들을 외우다 보면 정치인들 이름은 금방 잊어버릴 거다. 어차피 국민들에게 또 4년 동안의 고독을 안겨줄 자들이다.

내가 속한 사회인 야구 리그에서는 심판 한 분이 하루에 네 경기를 소화한다. 사회인 야구는 몸개그의 향연이다. 마지막 경기가 끝나고 그 심판 외친다. "코미디 네 편 잘 보고 갑니다!" 두 주 앞으로 다가온 총선, 본 것이라곤 공천 코미디뿐이다. 선거유세는 또 얼마나 웃길까.*

* 2016년 4월 제20대 총선을 앞두고 정당이 우후죽순처럼 늘어나는 촌극이 벌어졌다. 사라졌던 한나라당과 민주당이 다시 창당되는 등 거의 40개에 달하는 정당들이 마치 '한철 장사'하듯 총선에 참여했다.

# 고등어는 억울하다

고등어 매출이 급감했다. 정부가 가정 미세먼지의 주범으로 고등어를 지목하자 언론에서도 장단을 맞췄다. 정부 발표와 언론 보도만 보면 고등어가 무슨 오염물질덩어리인 것만 같다. 칼슘과 단백질, DHA가 풍부한 맛있는 생선, 게다가 저렴하기까지 한 고마운 고등어에게 어떻게 그럴 수 있는가. 창문 열고 환기 시키며 구우면 아무 문제 없단다. 충신에게 역적 누명 씌워 유배 보내는 어리석은 역사가 서민들 밥상 위에서 재현되었다. 김창완의 〈어머니와 고등어〉, 노라조의 〈고등어〉는 불온선전 가요란 말인가. 정말 고등어가 문제라면 안동은 공해와 대기오염의 총본산이다.

고등어 하나로는 부족했는지 이번엔 삼겹살을 저격하고 나섰다. 고기 굽는 연기를 차단 못하는 식당의 영업을 규제하겠다는 것이다. 장대비 맞으면서 옆 사람이 분무기 물 뿌렸다고 성내는 꼴이다. 어디에든 책임을 떠다 넘기고 싶겠지만, 삼겹살은 건드리면 안 된다. 서민들이 그나마 큰 부담 없이 외식 기분 내면서 먹을 수 있는 유일한 음식이다. 불가침의 영역이 있는 법이다. 인물로 치자면 삼겹살은 이순신, 김연아와 같은 존재다.

경유차가 미세먼지의 가장 큰 원인이라며 경유값을 올린다고 한다. 환경에도 도움 되고 경제적이라며 경유차 사라고 부추길 땐 언제고 이젠 타지 말라 하니 어처구니가 없다. 주장하는 논리가 빈약하면 자꾸 사족을 덧붙이는데, 지금 정부하는 모양이 그렇다. 왜 중국에는 아무 말 못하는가? 미세먼지 대부분이 중국에서 발생한 것인데, 그쪽은 차마 쳐다보지도 못하고 왜 애꿎은 고등어, 삼겹살, 경유차를 탓하나? 학창시절에 그런 녀석들 꼭 있었다. 힘센 놈에겐 찍소리도 못하고, 자기보다 약한 아이들만 괴롭히는 '양아치'들 말이다.

탁상행정과 과잉충성이 문제다. 고등어 사태는 말을 위한 말, 의견을 위한 의견, 그걸 분별 못하는 리더의 무지와 비전문성, '뭐라도 하는 모습을 보여야 한다'는 강박, 허튼짓인 줄 알면서도 오버해서 결과를 더 만들어내려는 관계부처들이 어우러져 만든 촌극이다. 근무 태만한 군의관을 징계 차원에서 격오지 부대로 보낸다는 국방부의 한심한 발상도 그렇다. 최전방 격오지가 무슨 유배지인가? 긍지를 가지고 근무하는 병사들 사기 떨어지는 소리가 들린다. 병사들에게 더 나은 복지와 혜택을 주지는 못할망정 불성실한 군의관에게 귀한 몸을 맡기게 하다니, 그 따위 계획을 제안한 자에게 미세먼지를 잔뜩 먹이고 싶다.

21사단 공병 장교로 복무하던 2010년 12월, 'VIP'께서 동부전선 최전방 해발 1,242미터 고지 가칠봉 대대에 방문한다고 해 난리가 났다. 구불구불한 비포장 산악도로를 일주일 내내 오르내리며 소대원들과 지뢰 및 폭발물 탐지 작업을 했다. 가칠봉 대대는 더 호들갑이었다. 병사들의 헌 운동화 대신 새 운동화를 자리마다 배치하고, 한겨울에 꽃과 잔디를 심어 없던 화단도 만들었다. 가관은 러닝머신을 조달해 막사 내에 둔 것이다. '보여주기'의 극치였다.

VIP께선 우리가 고생하며 지뢰 탐지하고 쓸고 닦은 산악도로 대신 헬기를 타고 가칠봉에 방문했다. 죽 쒀서 개도 못 준 꼴이었다. 탁상행정과 과잉충성, 리더의 어리석음이 이룬 삼위일체는 군대뿐만 아니라 기업과 국가 운영에도 만연하다. 세월호 구조 실패했다고 해경을 해체한 것이나 강남역 살인사건 후속 대책으로 남녀공용화장실을 분리하겠다는 것 역시 핵심을 놓친 근시안적 사고다.

한 티브이 프로그램에서 가수 김흥국이 "건강을 위해 라면을 먹지 않는다"고 한 방송인 김구라에게 뜬금없이 "말조심하라"며 호통을 친 일이 있다. 라면 장사 하는 사람들 굶어 죽으라고 그런 소리를 하느냐는 것이다. 정부의 말 한마디에 어민과 유통·가공업체, 생선구이 가게까지 다 망하게 생겼다. 말조심해야 한다. 곧 닭꼬치, 노가리, 곱창, 막창, 캠핑, 전국체전 성화, 모기향, 불꽃놀이까지 다 규제하게 생겼다. 나부터 잡아가라. 엊그제도 경유차 타고 나가 캠핑하며 삼겹살 굽고 생선 구워 먹었다.*

* 2016년 5월, 박근혜 정부는 미세먼지의 주된 발생 원인이 가정에서 굽는 고등어와 삼겹살이라고 발표했다.

# 제주개와 흑돼지

닷새간 제주도 여행을 다녀왔다. 이른 휴가인 셈이다. 육지에 퍼붓던 장대비 대신 제주도엔 따가운 햇볕이 과즙처럼 쏟아졌다. 땡볕과 야자수, 더운 바람, 샌들과 선글라스의 행렬… 마치 지중해에 온 것 같아 설렜다. 도착하자마자 시원한 밀면 한 그릇을 먹고, 해안도로를 달렸다. 에메랄드빛 함덕 바다를 보고 솟구치는 환희를 견딜 수 없어 옷 입은 채로 뛰어들었다. 투명한 바닷물에 몸을 담그고 맥주를 마셨더니 세상이 다 만만했다. 내가 왕 같았다.

만장굴, 한라산, 성산일출봉, 주상절리, 정방폭포 등 제주의 경이로운 자연경관에 감탄했다. 이름난 시장과 카페, 체험 공간에도 들렀다. 낚시꾼으로서도 최선을 다해 놀았다. 배를 타고 한치를 여러 마리 잡아 와 회 뜨고, 튀기고, 데친 것도 모자라 속을 채워 순대로 만들어 먹었다. 갯바위에서 노래미와 용치놀래기를 낚아 회를 떠 소주를 마시기도 했다.

여행 첫날, 인상적이었던 몇 가지가 있다. 우선 중국 관광객들이다. 성산일출봉을 인해전술로 점령하고 있는데, 여기가 한국 땅인지 아니면 말 통하는 외국인지 헷갈릴 정도였다. 일출봉 정상에서 나란히 앉은 네댓 명의 중국 남자들이

담배를 꼬나물다 그 꽁초를 아무 데나 버렸다. 보다 못해 가서 한마디 하려다가 말았다. 그 미개함이 너무 견고해 도무지 알아먹을 것 같지도 않거니와 주변엔 온통 웃통을 까거나 내의 차림의, 바로 옆 사람에게도 고래고래 소리를 질러 대화하는 중국인들뿐이었다. 꼴 보기 싫어서 서둘러 내려왔다.

몰지각한 중국 관광객들 때문에 잡친 기분을 제주개가 풀어줬다. 더위를 피하러 들어간 한 카페 마당에서 만났다. 날렵한 몸과 초롱초롱한 눈이 과연 영물로 보였다. 3,000년 전에 제주도에 정착한 제주개는 온순하면서도 민첩해 예부터 야생동물 사냥에 발군이었다. 멸종된 줄 알았지만 1986년에 세 마리가 발견되었고, 번식에 노력한 결과 현재는 일반에 분양할 정도로 늘어났다. 카페 주인에게 물으니 단골손님을 알아보고 반길 정도로 영특하고, 멧돼지 같은 유해동물을 쫓을 만큼 용맹하단다. 그 늠름한 모습에 쉬이 발길이 떨어지지 않았다.

이날 저녁 식사가 환상적이었다. 현지인이 추천한 집에서 흑돼지구이를 먹었는데, 두툼한 고기를 멜젓(멸치젓)에 찍어 먹는 맛이 기가 막혔다. 먹어도 먹어도 젓가락이 멈춰지질 않아, 이러다 내가 돼지가 되겠구나 싶었다. 제주 흑돼지는 질병 저항력이 강해서 어떠한 환경에도 잘 적응하고, 육질과 맛이 우수해 최고의 식재료로 각광받는다. 예전엔 인분을 먹여 키워 '똥돼지'로 불렸다. 인간은 똥을 주는데, 돼지는 살을 내어준다. 똥을 고기로 바꿔내는 진정한 연금술사다. 입안에

감도는 흑돼지의 향과 포만감을 가득 안고 숙소에 몸을 눕혔다. 평소에 악몽을 자주 꾸는데, 낮에 만난 제주개가 드림캐처(악몽을 쫓아내준다는 수호신 또는 부적)가 되었는지 무더위 속 잠결이 함덕 바다처럼 청량했다.

아침에 일어났더니 교육부 정책기획관인 나향욱이라는 사람 때문에 시끄러웠다. “민중은 개돼지다”라는 막말을 마주하니 늠름한 제주견과 맛있는 흑돼지에게 미안해졌다. 인간을 대표해 사과하고, 개돼지의 유익함을 오래 생각했다. 아무리 궁리해 봐도 국민을 개돼지로 여기는, 그래서 거기 기생해 피를 빨고, 알을 까고, 살을 갉아먹는 흡충, 기생충, 똥벌레, 구더기 같은 치들보다야 개돼지가 훨씬 낫다. 자신들만 배불리고 살아남으려는 이기적 기생충보다 자기를 희생해 남을 이롭게 하는 이타적 개돼지로 살고 싶다. 나향욱 같은 자들이 이룬 사회는 상류사회가 아니라 ‘충(蟲)류사회’다. ‘충류’에게 묻는다. “너는 국민에게 한번이라도 충직하고 믿음직한 개였느냐. 한번이라도 국민을 먹고 살게 배불리는 돼지였느냐.”

여행 동안 모기가 간혹 윙윙거렸지만 ‘막말충’ 이상으로 거슬리는 충류는 없었다. 해변엔 반려견과 함께 해수욕을 즐기는 사람들이 더러 있었고, 나는 돔베고기(제주식 돼지수육)와 흑돼지 돈가스를 또 맛있게 먹었다.

# 공감능력 '제로'인 공직자들

개, 돼지에 이어 레밍이다. 실시간 검색어에 올랐기에 새로 출시된 승용차나 레몬 맛 아이스크림 같은 건 줄 알았다. 찾아보니 들쥐다. 내가 쥐띠라서 그런지 몰라도 되게 기분 나빴다. 십이간지 순서도 개, 돼지 다음이 쥐인데, 내년엔 어떤 이가 국민들더러 미련한 소라고 막말을 할까.

홍수가 나 사람이 죽고 온 도시가 물에 잠겼는데 유럽 연수를 갔다. 갈 수도 있다. 업무의 일환이자 예정된 계획이다. 불법행위도 아니다. 도의원 몇 명 없다고 수해복구가 안 되는 것도 아니다. 그 사람들 있으면 더 방해만 된다. 설렁설렁 장화 신고는 사진 몇 장 찍고 올 게 뻔하다.

국민을 위해 일한다는 사람들이 그렇게 눈치가 없을까. 연애할 때 눈치 없는 애인은 생판 모르는 남보다 더 못한 존재다. 새로 산 옷 입고 왔더니 바깥 돌아다니기 귀찮다며 집 앞 분식집이나 가자고 한다. 꾹 참았더니 이번엔 자기 친구들하고 같이 놀자며 당구장에 끌고 가 투명인간 취급한다. 화를 내고 따져도 뭐가 잘못인지 모른다. 오히려 친구들 앞에서 자신을 망신 준다며 적반하장이다. 이런 인간하고는 당장 헤어져야 한다.

공감능력이 없는 사람들이 공직에 앉아 있다. 국민의 마음을 하나도 헤아리지 못하는 '공(空)직자'들이다. "사는 게 무엇인지 아픔이 무엇인지 아직 알 수 없지만 임기가 끝난 후에 후회하지는 않겠지. 사퇴할 순 없잖아"의 마인드로 자리만 채우고 있는, '공(空)감'의 관료주의가 이번 '홍수 외유' 사태의 본질이다.

소대장 시절에 내 마음을 아프게 한 소대원이 있다. 신병훈련을 마치고 갓 자대에 배치된 이등병이었다. 논산훈련소에 입소한 날, 자신을 배웅하고 귀가하시던 아버지가 음주운전 차량에 치어 돌아가셨다는 것이다. 무슨 말을 해줘야 할지 막막했다. 그 친구는 "아버지와의 약속을 지키기 위해 성실하게 복무하겠다"고 했다.

정말 성실했다. 결손자녀라서 외박이나 휴가 등을 배려받을 수 있음에도 본인이 고사했다. 다른 병사들과 똑같이 혼나고 훈련받았다. 딱한 사정을 아는 부대원들도 내색 안하고 그 친구를 편히 대했다. 소대에 포상휴가증이 생기면 저마다 몰래 나를 찾아와 자신 말고 동료에게 줄 것을 부탁했다. 전역하는 날 "아버지와의 약속을 지켰다"며 환하게 웃어 보인, 경북 봉화에 사는 그 친구가 보고 싶다.

공감은 팀워크를 가능하게 한다. 공감할 줄 모르는 공직자들은 국민과 손발을 맞출 수가 없다. 국민과 어깨를 나란히 하고, 때로는 더 낮아져야 하는데, 선거철에만 허리 숙인다. 이웃의 아픔을 함께 아파하며, 다 이해할 수 없을지라도 고개 끄덕여주며, 위로가 필요할 때 손을 내미는 것은 늘 보통 사람들이다. "내가 만약 외로울 때면 누가 나를 위로해주나"라는 질문의 답은 언제나 '여러분'이다. 위정자들 빼고 국민들끼리는 얼마나 호흡이 잘 맞는지 모른다.

금 모으기 운동할 때 결혼반지, 부모 유품 내놓은 것도 국민들이고, 태안 앞바다에 기름이 쏟아졌을 때 그걸 닦으러 달려간 사람들도 국민들이다. 당시 받았던 사랑에 보답하겠다며 태안군민들이 수해지역 주민들을 도우러 자원봉사단을 꾸렸다고 한다. 세월호가 침몰했을 때도 캄캄한 바다로 뛰어든 것은 민간 잠수사들이다. 책임져야 할 자들은 국민 뒤에 숨어 구경만 한다. 정작 일해야 할 자들은 제 구두에 흙 묻을까 봐 어린 군경들에게 손가락 지시만 한다. 과연 누가 레밍인가?

한 방송 관계자가 8년 전, 당시 17살이던 배우 유승호와의 일화를 소개했다. 한여름 야외촬영 준비 중에 계속 옆에서 있길래 실내에 들어가 있으라고 했더니 "어른들이 더운데서 고생하시는데 어린 제가 어떻게 에어컨 쐬고 앉아 있어요"라고 했다는 것이다. 그러곤 끝까지 안 들어가고 곁을 지켰다 한다. 17세 소년의 공감능력 그 반의반만이라도 공직자들이 가졌으면 하는 것은 지나친 바람일까.*

* 2017년 7월, 충북 지역이 수해에 몸살을 앓는 중에 외유성 유럽 연수를 간 충북도의원들을 향한 비판이 이어지자 당시 김학철 도의원이 "국민들은 레밍(나그네쥐)"이라고 발언해 논란을 일으켰다.

# 나에게 나를 청탁한다

나는 한 번도 고가의 선물이나 봉투를 받아본 적 없는 사람이지만 그래도 김영란법에 관심을 기울이는 것은, 대학 시간강사와 신문사 칼럼니스트 신분으로도 김영란법 적용 대상자가 되는지 궁금해서다. 뭔가 대단한 사람이 된 듯한 기분이 들 것 같다. 알아본 결과 대학 시간강사는 교원이 아니므로 적용되지 않는다. 칼럼니스트 역시 언론사 임직원이 아니므로 해당되지 않을 듯하다. 나는 공직과는 거리가 먼 사람이다.

한 끼 식사는 인당 3만 원을 넘을 수가 없다. 3만 원이면 웬만한 음식은 다 먹는 돈이다. 네 명이서 고기를 먹어도 마장동 한우 모둠 세트 기준으로 배터지게 먹고 냉면 후식까지 추가할 수 있다. 중식당에서 3만 원이면 깐풍기나 라조기, 양장피 또는 팔보채에 짜장면을 함께 먹을 수 있다. 3만 원이 넘는 비싼 식사를 먹어도 각자 '더치페이' 계산하면 법에 저촉되지 않는다.

선물은 5만 원까지만 허용된다. 5만 원이면 괜찮은 와인 한 병, 중저가 와인 두 병을 살 수 있는 금액이다. 사과, 배, 바나나, 포도 등으로 구성된 과일바구니도 충분히 모양을

낼 수 있다. 고기를 선물하려거든 한우 대신 한돈을 푸짐하게 포장하면 된다. 녹차 먹인 보성녹돈 목살 다섯 근에 5만 원이다. 영광굴비도 5만 원이면 나름 구색을 갖춰 선물할 수 있다.

경조사비는 10만 원 제한이다. 김영란법 시행 전에 자녀들 시집 장가보낸 공직자들은 가슴을 쓸어내리며 콧노래를 부르고 있고, 혼기가 찬 자녀를 아직 결혼 못 시킨 이들은 한숨을 푹푹 내쉬고 있다. 받은 만큼 돌려주는 게 우리 경조사비 문화 아닌가. 나는 20만 원 냈는데 10만 원밖에 회수(?)되지 않는 억울함에 가슴 치는 사람들 이야기가 들려오기 시작한다.

그동안 우리 사회가 얼마나 많은 부정과 비리로 얼룩졌으면 이렇게 엄마가 초등학생 자녀 용돈 상한선 정하듯이 하는 법적 가이드라인이 세워졌겠는가. 정치, 기업, 언론은 말할 것도 없거니와 교육, 종교, 군, 체육계까지 부정부패에 얼룩지지 않은 데가 없다. 나는 20년 전 초등학교 야구부 시절에 코치가 공공연하게 학부모들에게 고가의 향응을 요구하고, 술집서 진탕 퍼마신 주대를 학부모 이름으로 달아놓는 등 추악한 자태를 이미 목격한 바 있다.

대놓고 요구하는 자, 은근히 요구하는 자, 알아서 갖다 바치는 자, 살기 위해 어쩔 수 없이 조공하는 자들이 어우러져 뇌물공화국을 만들었다. 공병 장교로 근무하던 때, 민간 건설업체들이 군 공사 수주를 받기 위해, 또는 공사 감독을 느슨하게 해달라는 요청을 하기 위해 영관급 장교뿐만 아니라 말단 소위들에게도 상품권과 디지털 카메라, 과일바구니, 현금 등을 제공한다는 이야기를 들은 적 있다. 내가 속한 부대에는 그런 일이 없었지만, 공병 병과에서 오랫동안 암묵적으로 이어져온 악습이라고 했다. "호의가 계속되면 권리인 줄 안다"던 영화 대사처럼, 일부 장교들은 연말연시면 건설업체 사람들에게 "손이 허전하다"는 등의 노골적 사인을 내기도 했단다. 차떼기나 사과박스, 옷 로비에 비하자면 이런 건 애들 장난 수준이다.

남한테 얻어먹는 것 좋아하는 사람들, 비싼 걸 대접해야 성의 표현이 된다고 착각하는 사람들, 이제 정신 차릴 때가 되었다. 갖고 싶은 게 있으면 내 돈으로 사면 그만이다. 사먹을 능력 없으면 먹지 마라. 공직자들은 누가 사주지 않아도 충분히 먹고 가질 수 있다. 김영란법은 사회에 만연한 부정부패와 비리를 뿌리 뽑기 위함이지만, 개개인의 거지근성과 노예근성을 고치는 데에도 기능할 수 있다.

엊그제, 김영란법 시행 이후에 생일을 맞았다. 법의 눈치를 보느라 지인들이 내게 선물을 주지 않은 것이라고 나는 굳게 믿고 있다. 그래서 나 스스로 내게 선물을 줬다. 평소 갖고 싶던 낚시 용품들을 잔뜩 샀다. 나를 좌우할 수 있는 건 오직 나뿐이다. 나는 나에게 나를 청탁한다. 내가 나를 격려하고 접대한다. 더 열심히 살아달라고, 더 좋은 글 써달라고.

# 별이 쏟아지는 광장으로 가요

백만 촛불이 타올랐다. 사는 곳, 나이, 하는 일이 각각 백만 가지로 다른 사람들이 국민이라는 한 이름으로 모였다. 박근혜 정부가 주장하던 국민대통합이 그렇게 이루어졌다. 세종로를 흐르는 촛불은 용광로 쇳물 같았다. 함성은 뜨겁고 이성은 냉정했다. 집회는 내내 질서와 평화를 유지했으며, 폭력이나 비양심이 드물게 삐져나오려 할 때마다 자체 정화되었다. 사람들은 일그러진 국가 면전에다 국민의 위엄과 품격을 보여주었다.

시위라기보다는 축제에 가까웠다. MC의 진행과 가수 공연, 시민들의 자유 발언은 선동이나 호전과는 거리가 멀었다. 위트 넘치는 해학과 풍자, 자기반성 등 분노를 표출하는 방식은 무척 세련된 것이었다. 정치인을 비롯해 사회 저명인사들도 있었지만, 내빈 소개 같은 얼빠진 의전 따위 끼어들 수 없었다. 광장의 주인은 오직 국민이어서 국민이라는 이름 외에 다른 직함이나 자격은 무용했다.

교복 입은 학생들이 흥분한 일부 어른들로부터 경찰을 보호했다. 기성세대 눈에 인터넷 폐인으로만 보이던 '이태백' 청년들이 "지지율도 실력이야. 네 부모를 탓해" 같이 재치 번

뜨이는 팻말을 들고 집회를 유쾌하게 만들었다. 30대 젊은 아빠는 이제 갓 말을 배우는 어린 아들에게 "대통령이 우리 나라를 마음대로 해서 화가 난 사람들이 야단치러 모인 거"라고 자상하게 설명해주었다. 사람들은 자발적으로 쓰레기를 줍고, 줄 서서 지하철 타고 귀가했다. 백만 촛불집회는 국민의 분노만 나타낸 것이 아니라 성숙한 의식, 젊은 세대 문화의 건강하고 역동적인 힘을 함께 보여주었다. 반짝이는 눈빛, 미소와 어우러진 촛불들은 꼭 밤하늘에 쏟아지는 별 같았다.

십여 년 동안 광장을 외면하고 살았다. 효순 · 미선 추모 집회가 열린 2002년 11월, 광화문 거리에 나가 주먹을 불끈 쥐고 소리를 질렀다. 분노와 슬픔의 대열이 평화롭게 거리행진을 하던 중, 거대한 깃발과 붉은 머리띠들이 대열로 비집고 들어와 과격하고 폭력적인 구호를 부추기는 걸 보았다. 특정한 정치 목적을 지닌 이데올로기 집단에 의해 일반 시민들의 순수한 마음이 이용될 수 있다는 것에 회의감이 들었다. 버거킹과 스타벅스에 앉아 일상을 즐기는 사람들을 향해 욕설과 야유를 퍼부으며 거기서 나오라고 강요하는 모습은 인민재판이나 다름없었다. 그날부터 나는 광장과 거리가 먼 사람이 되었다.

그러나 이제 광장에 다시 나가려고 한다. 지난주 집회에는 오래 함께하지 못하고 잠시 몇 걸음 보탰을 뿐이지만, 내게는 큰 변화이자 용기다. 딱딱하고 날카롭던 광장을 부드럽

게 바꿔낸 국민들 덕분이다. 예전엔 사람 많이 모인 곳에서 언제나 추태가 벌어졌다. 어릴 적 야구장에 가면 어른들이 욕설을 하고 경기장에 쓰레기통과 술병을 집어던졌다. 관중석에 불을 지르는 미치광이들도 있었다. 연고지 정치인을 연호하며 상대팀 관중들과 패싸움을 벌이곤 했다. 하지만 지금은 여성들부터 어린아이까지 누구나 흥겹게 응원가에 맞춰 춤추고 노래하는 문화공간이 되었다. 세대가 바뀌니까 문화도 달라진다. 광장에 대한 내 마음의 장벽을 허문 것은 박근혜 정부를 향한 국민 공통의 분노이기도 하지만, 집회문화, 아니 세대문화의 성숙함과 쾌활한 에너지다. 광장은 이제 정의로운 사회참여의 장인 동시에 즐거운 소통과 교류가 이뤄지는 놀이공간이다.

세종로를 도도하게 흐르는 촛불의 강을 보며, 추운 밤거리에 어깨를 견고히 부여잡은 민중의 산맥을 보며 "저 산맥은 말도 없이 오천년을 살았네. 모진 바람을 다 이기고 이 터를 지켜왔네. 저 강물은 말도 없이 오천년을 흘렀네. 온갖 슬픔을 다 이기고 이 터를 지켜왔네"라는 노랫말이 떠올랐다. 국가도 통치자도 먼지처럼 사라지지만 민중은 늘 그 자리에 서서 울고 웃고, 흐르고 흐르며 살고 죽는다. 백만 촛불들은 일상으로 돌아가 말도 없이 또 제 삶을 살아갈 것이다. 그러다 탐욕스러운 위정자들에 의해 이 터가 더렵혀질 때면 또다시 산을 이루고 강물로 흐를 것이다. 나도 그 강의 한 물굽이가 되고 싶다. 즐겁고 신나게.

# 부정맥 정부

내 심장은 엇박자로 뛴다. 박동이 제멋대로다. 누구나 다 나 같은 줄 알았다. 격렬한 운동을 즐겼고 술도 잘 마셨다. 통증이나 호흡곤란 같은 증상이 없었기에 한 번도 의식해본 적 없었다. 부정맥인 줄 전혀 몰랐던 것이다. 일곱 해 전 교통사고로 입원했을 때 알게 됐다. 부정맥 중에서도 만성 심방세동이라고 들었다. 심장이 불규칙적으로 펌프질을 하면, 제때 혈관에 공급되지 못한 피가 뭉쳐 '혈전'이 생길 수 있다. 혈전이 뇌혈관을 막으면 뇌경색, 심혈관을 막으면 심근경색을 일으킬 위험이 크다.

그때 시인 자의식이 하도 충만했던지라 질병에도 시적 의미를 부여했다. 나는 내 부정맥이 늘 감동하며 살아온 삶의 결과이자 모든 감정을 여과나 완충 없이 받아들여 온 후유증이라고 믿어버린 것이다. 심장은 마음의 장기라는 은유를 그 근거로 삼았다. 정말로 획일화와 상투성, 규칙적인 것을 싫어하는 내 천성이 부정맥을 키운 원인은 아닐까. 아니면 부정맥 때문에 내 삶도 심장을 닮아 불규칙한 우연과 혼돈, 감정의 기복, 잦은 감동에 본능적으로 기울어져온 것인지도 모른다.

그래서 처음 시술 치료를 받게 되었을 때 괴상한 걱정을 했다. 치료가 되어 심장이 규칙적 리듬을 찾으면 시인의 기질도 사라지는 걸까? 천성 탓에 재발할 수밖에 없는 불치의 병일까? 시술이 끝나고 몇 시간 만에 깨어나 노트에 엉뚱한 메모를 했다.

"일정한 리듬으로 가슴을 쿵쿵 울리는 이 별의 음계가 낯설다. 나만 빼고 모두들 이 음계에 속해 있었다. 엇박자로 뛰던 내 심장은 대체 어느 별의 음악이었을까? 그 음악을 잃은 내 가슴은 지금 몹시 뻐근하고, 거기 오래 머물며 흔들리던 한 사람의 눈빛마저 기억나지 않는다. 내 심장박동으로 못박아 만든 사다리는 삐뚤빼뚤 엉성했으니, 그걸 타고 별을 오르내린 시절과 이제 헤어지고 싶다. 앞으로는 완충과 여과 없이 사랑을 맞닥뜨리지 말아야지. 이 별의 성실한 시민으로 살아야지. 그러니 내게 다시는 돌아오지 마라. 제멋대로 떨리는 눈빛아, 머나먼 별에서 온 엇박자 음악아."

불운하게도 낭만적 망상에 기댄 바람은 이뤄지지 않았다. 만성 심방세동은 시술 후에도 재발률이 높아 나는 고주파로 심장의 부정맥 발생 부위를 태워 없애는 '전극도자절제술'을 두 차례 더 받았고, 피를 묽게 하는 약을 7년째 먹고 있다.

이 글이 지면에 게재되는 날, 나는 '흉강경하부정맥수술' 후 회복 치료를 받고 있을 것이다. 흉부외과 수술로 부정맥 발생 부위는 물론 혈전을 생성하는 곳을 절제해 완치율도 높고, 무엇보다도 약을 끊을 수 있다는 점이 좋다. 수술 날짜

받는 데만 1년 기다렸다. 드디어 기나긴 부정맥과의 싸움을 끝낼 때가 된 것이다.

불규칙한 박동이 내 몸을 길들여 그게 질병인지도 모르고 사는 동안 나는 뇌경색과 심근경색의 위험에 노출돼 있었다. 비정상이 비정상인 줄 모르고, 아픈데 아픈 줄 모르고, 겉으로 드러나는 증상이 없으니 건강하다고 착각하며 살아왔던 것이다. 이 나라와 나는 동병상련이다. 대한민국은 확실히 병들었는데, 내 생각엔 만성 부정맥이다.

비정상이 정상을 대신하는 동안 특별한 증상이나 위험 징후가 나타나지 않았다. 아니, 여러 이상신호가 감지됐지만 경제성장이라는 허울로 덮어버렸다. 부정맥 심장이 혈액을 제때 필요한 곳에 공급 못하듯 부정맥 정부는 혈세를 엉뚱한 곳에 낭비했다. 정상적인 규칙 안에서 이뤄졌어야 하는 일들이 비정상적으로 행해져, 마치 응고된 혈전이 혈관을 막듯 곳곳에 적폐가 생겼다. 이 적폐는 결국 국가를 마비시켜 국민의 생명을 앗아가고 민생을 피폐하게 만들었다. 세월호 참사와 최순실 국정농단 사태가 그러하다.

이 만성 질환을 고치려면 꽤 시간이 걸릴 것 같다. 지금은 특검과 촛불이 가장 위급한 데부터 손을 대고 있는 중인데, 후속 치료도 정말 중요하다. 부정맥은 재발률이 높기 때문이다. 나도 완치되고, 나라도 건강해지길 바랄 뿐이다.

# 뼈를 깎는 아픔을 아는 지도자

엄마는 부모를 일찍 여의었다. 6남매 맏딸로 가장이나 다름없었다. 엄마와 이모들, 외삼촌은 부모 없이 형제끼리 끈끈해져선지 고향을 떠나서도 한 동네에 살고 있다. 그런데 얼마 전 외할머니 묘지 이장 문제로 형제끼리 다툼을 벌였다. 다들 어려운 형편에 비용도 부담스럽고, 누구 한 사람이 땅끝 해남과 완도까지 오가며 작업을 주도하기도 쉽지 않았을 것이다.

서로 마음 상하기도 했지만 결국 뜻을 모아 합장을 잘 마친 듯하다. 외할머니는 전남 완도의 도로변 야산에 묻혀 계셨는데, 외할아버지가 계신 해남의 양지바른 묘역으로 옮겨 누워 다시 긴 잠에 드셨다. 이장을 위해 묘를 파보니 물이 차 있고 나무뿌리가 유골을 감고 있더란다. 그땐 너무 어린 데다 먹고사는 일이 캄캄해 합장은 생각도 못하고 그냥 가까운 곳에 묻어드렸는데, 그대로 40년이 지났다며 엄마는 안타까워했다.

외삼촌으로부터 이장 작업하는 사진을 몇 장 받았다며 스마트폰을 내밀어 내게 보여주었다. 조금도 훼손되지 않은 틀니 사진에 한참 눈이 멈췄다. "40년 전에 해드린 건데 썩지도 않고 그대로 있다"며 엄마가 아이처럼 환하게 웃었기 때문이다. 우리 세대는 스마트폰에 부모님 사진 저장해놓고 아무 때나 볼 수 있는데, 엄마는 널브러진 뼈 몇 점과 오래된 틀니 사진으로만 엄마를 추억하는 것이다. 흙 묻은 채 흩어진 뼈들을 보면서 엄마는 "우리 엄마" 했다.

뼈를 품에 안고 울거나 웃는 사람을 생각한다. 언젠가 봤던 5 · 18 관련 다큐멘터리에서, 17년 만에 망월동 신묘역으로 희생자들의 유해를 이장하던 날, 한복을 곱게 차려 입은 노파가 아들 무덤가에 앉아 살아 있는 손발을 어루만지듯 마른 뼈를 쓰다듬으며 솔질하던 장면이 잊히지 않는다. 울면서 아들 이름을 부르다가, 목욕시켜 새 집에 눕히는 게 좋다고, 노파는 웃었다.

얼마 전 세월호 인양 작업 중 희생자 유해로 보이는 뼈가 발견됐으나 돼지 뼈로 판명된 해프닝이 있었다. 뼈가 발견됐다는 소식에 유가족들은 물론 미수습자들이 돌아오길 바라는 많은 국민들도 함께 긴장했지만, 돼지 뼈라는 것이 밝혀지자 다들 허탈해했다. 작은 뼈 하나에도 울고 웃으며 삶이 솟구쳤다가 추락하는 사람들이 아직 저 바닷가에 있다.

아담이 이브에게 처음 한 말이 "너는 내 뼈 중의 뼈"다. 뼈는 평범한 물질이 아니라 존재 자체다. 살은 썩어 없어져도 뼈는 수세기 지나도록 그대로 남기 때문이다. 커다란 슬픔이나 트라우마, 회한을 두고 "뼈아프다"고 하는 것은 하나의 은유로서, 치료하면 낫는 살, 즉 육체의 고통이 아닌 자신의 전 존재가 뿌리째 흔들리는 아픔을 의미한다.

억울하게 죽은 사람들은 뼈로 발견된다. 그 뼈마저 찾지 못해 애태우는, 한 조각의 뼈라도 찾아 안도하는 이들의 마음을 나는 감히 헤아릴 수 없다. 그러나 뼈를 바라보는 일은 얼마나 고통스러운가. 뼈는 음성과 눈빛과 체온이 다 사라지고 남은 최후의 것이다. 엄마였고 아들이었고 딸이었고 연인이었던 눈과 코와 입, 미소와 찡그림, 표정들, 촉감과 냄새, 소리, 형상을 잃어버린 저 유기질과 무기질, 수분의 물체를 보며 사랑하는 이의 이름을 부른다는 것은 너무 비극적이다. 그래서 어떤 시인은 "너의 뼈를 사랑할 수 있을까"(이혜미, 「지워지는 씨앗」)라고 묻기도 한다.

나는 "너의 뼈를 사랑할 수 있"는 사람, 뼈를 품에 안고 웃거나 울어본 적 있는 사람, 그런 경험은 없더라도 뼈 중의 뼈를 잃어버려 뼈아픈 이들의 고통을 뼛속까지 함께 아파하며 위로해본 적 있는 사람에게 투표할 생각이다. 한 사람을 자기 '뼈 중의 뼈'로 여기며 그가 고통받을 때 뼈아파할 수 있는 사람이 국민의 지도자가 되어야 한다. 말 한마디에도 뼈가 들어 있고, 국민을 위해서 뼈가 부서지도록 헌신할 수 있는 사람이라면 물론 더 좋겠다.

# 국민을 안아주는 나라

살면서 연인 외에 다른 사람에게 안겨본 경험이 거의 없다. 안기기엔 부담스러운 '등빨'을 지닌 까닭일까. 안아주기에 특화된 넓은 가슴둘레를 가졌으면서 타인을 안아준 적도 드물다. 교회 수련회나 대학 신입생 오리엔테이션 같은 데서 몇 번 한 게 전부이니, 나는 안고 안기는 데 인색하게 살았다.

남녀칠세부동석을 가르쳤던 할아버지와 무뚝뚝한 아버지 아래서 나는 목석같은 사내로 자랐다. 포옹이라는 것은 참으로 쑥스러운 짓이었다. 기껏 내가 품에 안는 것은 개, 병아리, 이웃집 네 살배기 정도였다. 그 애도 사랑스러워서가 아니라 레슬링 기술을 걸려고 안았다. 동생을 안아준 것도 한 번 뿐이다. 여섯 살 때 태권도장 성탄절 잔치에서, 탈지면 수염 붙인 관장님을 산타클로스로 믿어 "동생 괴롭히면 선물 안 준다"는 협박에 넘어갔다. 남북정상처럼 서로 어정쩡하게 안고 '김치'하며 겨우 웃었다.

의젓함이라든가 남자다움으로 포장된 뻣뻣함은 어느새 결핍이 되어, 사춘기 무렵 나는 노래와 영화를 통해 포옹의 이상향을 그렸다. 김현식의 〈내 사랑 내 곁에〉를 듣고 "힘겨운 날에 너마저 떠나면 비틀거릴 내가 안길 곳은 어디에"라는 가사에 심취했다. 학원 갔다 오는 길에 콜라 한 잔 마시고 괜히 비틀거려보기도 했다. 컬트의 〈너를 품에 안으면〉, 박정현의 〈꿈에〉, 김수희의 〈애모〉, 영턱스클럽의 〈타인〉, 김정수의 〈당신〉까지, 안고 안기는 노래들을 좋아했다.

영화 〈록키〉에서 피투성이 록키와 애드리안이 껴안는 장면이라든가 〈반지의 제왕〉에서 물에 빠져 죽을 뻔한 샘과 프로도가 얼싸안는 장면, 〈주먹이 운다〉에서 처절한 복싱 경기 후 류승범이 치매 걸린 할머니(나문희)와 포옹하며 우는 씬은 언제 봐도 감동적이다. 〈타이타닉〉의 뱃머리 포옹은 지금도 배만 타면 흉내 낸다. 〈러브 액츄얼리〉가 도입부에 런던 히드로 공항의 일반인들 포옹 장면을 넣은 것도 무척 인상적이다.

대중문화가 내 뻣뻣함을 유연하게 바꿔준 덕도 있지만, 점점 스킨십에 관대해지는, 아니 스킨십을 필요로 하는 사회가 나를 부추기는 듯하다. 오랜만에 만난 친구나 힘든 일을 겪은 후배를 안아주는 게 예전처럼 쑥스럽지 않다. 각박한 세상에서 서로의 체온을 나누자며 시작된 '프리허그'가 확산된 영향도 있을 것이다. 나에게 포옹은 여전히 '이벤트'의 영역이지만, 점점 일상의 행위로 바뀌어가길 원한다.

지난 10년 동안 '프리허그'가 참 많았다. 줄 서서 안기기를 기다리는 사람들 중에는 사회가, 국가가 안아주지 않는 취업준비생, 입시생, 미혼모, 비정규직원, 다문화가족, 외국인

노동자, 유가족도 있었다. 모든 국민들이 힘겨운 시절에 지쳐 위로 받을 '품'을 필요로 했다. 그러나 국가는 한 번도 그 품을 열어주지 않았다. 우리끼리 안고 안기는 프리허그가 그래서 더 특별한 이벤트였는지 모른다.

하지만 이제 포옹이 일상이 되는 사회를 기대해도 좋을 것 같다. 국가가 안아주지 않아서 우리끼리 안는 게 아니라, 국가가 먼저 안아주니 우리도 따라 껴안는 일이 익숙해질 것이다. 팽목항에서 세월호 유가족을 말없이 안아주던 사람, 위험을 무릅쓰고 국민과의 프리허그 약속을 지킨 사람, 그가 지금 메마르고 차가웠던 '국가'의 심장에 눈물과 온기를 채워 넣고 있다.

5·18 기념식에서 문재인 대통령은 돌아가신 아버지께 보내는 편지를 읽으며 눈물 흘린 김소형 씨를 또 가만히 안아주었다. 위에서 언급한 노래 중에 "너를 품에 안으면 힘겨웠던 너의 과거를 느껴"라는 가사가 있는데, 정말 그녀의 아픔을 다 알겠다는 표정이었다. 문재인 정부의 지향점이 어디인지 보여준 장면이다. 국민을 안아주는 나라, 위로와 격려가 더 이상 이벤트가 아닌 나라에 나는 살고 있다. "네가 홀로 외로워서 마음이 무너질 때 국가가 너를 안아주네"라고, 한 복음성가의 노랫말을 고쳐본다. 이번 주말에는 만나는 사람마다 넉넉히 안아줄 생각이다.

# 택시운전사와 육군대장 부부

영화 〈택시운전사〉를 봤다. 울음을 참느라 혼났다. 스크린에 묘사된 그날의 비극적 참상도 마음을 아프게 했지만, 장면마다 생생한 '사람의 얼굴'들이 가슴에 인쇄되는 느낌이었다. 울고, 웃고, 분노하고, 두려워하고, 고통으로 일그러지고, 주저하다가 또 용기 내는 그 얼굴들이 지금도 잊히지 않는다. 배우들의 연기가 그만큼 훌륭했다는 얘기지만, 실제 그 일을 겪은 사람들의 얼굴은 아마 그 어떤 배우라도 표현해내기 힘들 것이다.

택시운전사 만섭과 독일 기자 힌츠페터, 광주 시민들의 대척점에 '사복조'가 있다. 만섭이 당대를 사는 소시민이라면 사복조는 그 소시민들을 억압하는 부당한 공권력이다. 극적 효과를 위해 의도된 대조법이겠으나 사복조에게서는 사람의 얼굴을 볼 수 없었다. 대공분실 지하의 광기로 어둡게 물든 무표정은 〈터미네이터〉에 등장하는 인조인간을 연상시켰다.

5·18은 개인의 영달에만 충성한, 부와 출세를 보전해주는 권력자 앞에 배 까뒤집고 누운 정치군인들이 보통 사람들의 평범한 행복을 처참하게 찢어버린 사건이다. 그 일에 앞장선 어떤 이는 피 묻은 권좌를 물려받기 위해 스스로를 '보

통 사람'이라고 내세우기도 했다. 그때 사람의 얼굴을 버리고 철면피를 쓴 자들은 지금도 반성하지 않는다. 영화가 사실을 날조했다며 법적 대응 운운하는 걸 보니 '사람' 되기는 영영 틀린 것 같다.

인상적인 장면은 광주를 빠져나온 만섭이 광주의 살육과는 너무도 대비되는 순천의 평온한 점심에 국수와 주먹밥을 먹다 목이 메는 대목이다. 하루 벌어 먹고사느라 세상 돌아가는 데 큰 관심 없고, 중동 건설현장에 다녀온 경험을 훈장처럼 여기며 나라에서 하는 일이라면 무엇이든 옳다고 생각하는 보수적 '블루칼라'인 그가 광주의 비극을 목격함으로써 변화하게 된 것이다. 그는 열한 살 난 어린 딸이 캄캄한 방에서 혼자 기다리고 있는 서울 대신 광주를 향해 다시 차를 돌린다. 자신의 삶이 소중한 만큼 타인의 삶도 소중하다는 사실을 깨달았기 때문이다.

시민들을 향해 발포 명령을 하고 살육을 지시한 손들도 집으로 돌아가 제 자녀를 안고 쓰다듬었을 것이다. 무고한 사람들을 총검으로 찌르고 도축장의 정육처럼 다루라고 명령한 음성으로 부모에게 문안 인사하고 아내에게는 사랑을 속삭였을 것이다. 광주의 부모들이 널브러진 시체를 일일이 손으로 뒤집으며 아들딸을 찾느라 심장이 찢어질 동안 그들은 고기를 굽고 접시에 칼질을 하며 가족들과 저녁 식사를 즐겼을 것이다. 타인의 삶을 짓밟아 부서뜨린 무덤 위에 호화로운 궁전을 짓고 지금껏 잘 먹고 잘 살고 있다.

정현종 시인은 “사람이 온다는 것은 실로 어마어마한 일이다. 그의 과거와 현재와 그리고 미래가 함께 오기 때문이다. 한 사람의 일생이 오기 때문이다”(「방문객」)라고 썼다. 한 ‘사람’이 곧 한 ‘세상’이다. 한 사람 안에는 무수한 인연과 눈빛들, 꿈과 사랑, 행복, 기쁨, 성공과 좌절, 다시 일어선 용기, 과거와 현재 그리고 미래, 사랑하는 어머니가 있다. 서울 택시운전사 만섭은 광주에서 그 ‘사람’들이 사람에 의해 쓰러지고 죽어가는 모습을 본 것이다.

지금도 ‘사람의 가치’를 모르는 괴수들은 자기 안락만을 위해 타인의 삶을 짓밟는다. 공관병에게 전자 팔찌를 채우고 저도 더러워 손대지 못하는 제 때 낀 발톱을 줍게 한 사령관 부부가 있다. 자기 자식 귀하면 남의 자식 귀한 것도 알아야 하는데, 아들 같다는 공관병에게 제 자식 팬티 빨게 시키고는 썩은 토마토와 전을 집어던졌다. 그 ‘갑질’을 못 견뎌 자살을 시도한 병사도 있다. 타인을 죽음으로 내몰면서까지 내 유익을 추구하는, 1980년 광주에서 살육을 저지른 자들과 근본적으로 같은 악(惡)이다.

딸에게 전화를 걸어 “아빠가 손님을 두고 왔어” 울먹이던 만섭의 얼굴과 군 검찰에 소환돼 “아들같이 생각했다”고 말한 사령관 부인의 얼굴, 과연 어느 쪽이 ‘사람의 얼굴’인가.

# 2030세대와 단일팀

평창동계올림픽 단일팀 지원단의 청와대 보고문에는 "같은 라커룸에서 한국 노래를 크게 틀어놓고 서로 시끌벅적 농담을 하면서 옷을 갈아입는다. 이런 소중한 과정 자체는 우리는 하나라는 마음이 없으면 안 되는데, 국민들과 공감할 수 있으면 좋겠다"고 적혀 있다. 의미 부여와 계몽주의가 지나친 문장이지만, 그렇게 되고 있다면 다행이다.

스포츠로부터 받은 감동의 1만 분의 1도 정치를 통해 느껴본 적 없는 나는 단일팀 소리를 듣자마자 짜증이 났다. "정치가 해결 못 하는 일을 왜 스포츠에 떠넘기나. 기성세대가 실패한 일을 왜 자녀세대에게 강요하나. 남북 정치인끼리 조기축구든 게이트볼이든 단일팀 만들어 자선 경기나 열면 될 일 아닌가. 파벌로 갈라진 우리나라 쇼트트랙부터 단일팀이 되어야지. '장남 공부시켜야 하니 너는 농사지어라', '큰형님 대신 네가 3년만 살다 나와라'랑 다를 게 뭐야? 국가를 위해 희생하라는 당신들은 대체 뭘 희생했기에 아직도 통일은 요원하고 지역갈등은 대물림되는가." 혼잣말했다.

정치와 기성세대의 무능함을 스스로 고백한 것이나 다름없다. 늦은 감은 있지만 진정성 있게 사과하고 설득하는 모습에 반대 여론이 누그러졌다. 선수들이 받아들이고 열심히 훈련하고 있으니 이젠 응원의 박수를 보내야 한다. 하지만 여전히 화가 난다. 정말 사과해야 할 사람들이 입을 닫고 있기 때문이다. 단일팀 반대 여론을 이념화시켜 갈등을 조장한 보수 언론들에겐 기대조차 안 한다. 단일팀을 반대한 청년 세대를 "올림픽 정신도 모르고 박애주의도 모르는 이기적 철부지들"이라며 비난한 소위 '진보 지식인'들은 그래도 무슨 말 좀 해야 하지 않을까.

1분이라도 더 출전하는 것, 함께 땀 흘리고 실패하고 다시 연습해 맞춘 팀플레이를 실전에서 펼쳐 보이는 것, 한 번의 패스, 한 번의 슛, 한 번의 수비, 한 번의 골, 한 번의 승리, 당장 눈앞의 싸움들을 최선 다해 싸우는 것. 운동선수에게는 그것만이 목표고 대의며 명분이다. 단지 그 일에 충실했던 선수들을 개인 영달과 출세, 자기 이익만 생각하는 이기주의자라고 비난하다니. 유효슈팅 136개를 온몸으로 막아내 피멍투성이가 된 그 간절함의 털끝도 모르는 자들이 책상 앞에 앉아서 하는 말은 너무 가볍다.

불합리한 사회구조 탓에 취업, 결혼, 출산, 내 집 장만 등을 포기한 2030세대는 출전 시간이 줄어들고, 오래 준비해 숙달한 전술을 하루아침에 다시 익혀야 하는 선수들과 자신을 동일시했다. 그저 자신이 노력하고 애쓴 것에 합당한 결과를 얻기만 바랄 뿐이다. 밤낮 노력해 이제 겨우 꿈에 손이 닿을 만큼 가까워졌는데 대뜸 집도 있고 차도 있고 사회적 지위도 있는 어른들께서 국가와 민족 위해 그걸 내놓으라는 소리로 들렸다. 선수들이 애초에 남북평화를 위해 아이스하키를 한 것은 아니다. 처음부터 그런 목적과 방향이 설정되었더라면 누구보다도 잘 해냈을 것이고, 지금 그러고 있다.

군복무에 성실하고, 위안부 문제, 세월호, 국정농단 사태에 앞장서서 목소리 높이며 추운 광장을 촛불로 밝힌 이들이다. 단일팀 취지와 명분을 반대한 게 아니라, 단순히 개인을 희생한다는 데 분노한 게 아니라 그 과정의 불합리와 불공정, 기성세대의 인지부조화에 공감 못한 것이다. '메달권'이니 '자력출전권' 운운하며 '개인'을 쉽게 무시하는 '국가'라는 이름의 폭력적이고 낡은 감수성이 싫었을 뿐이다.

스포츠는 오직 순간에 최선을 다하는 정직한 노력들이 저마다의 간절한 꿈을 향해 조금씩 나아가는 과정이다. 거기서 감동과 메시지는 자연 발생한다. 펜싱 박상영의 '할 수 있다', 테니스 정현의 물집 투혼, 베트남 축구팀의 포기하지 않는 정신은 저절로 수많은 사람들에게 용기와 희망이 되었다. 여자아이스하키 단일팀은 최선을 다해 빙판을 달리고, 몸싸움하고, 넘어지고, 넘어져서도 스틱을 휘두를 것이다. 굳이 누가 의미를 입히려 하지 않더라도 그 모습 그대로 아름다울 테니, 제발 거기다가는 숟가락 얹지 않았으면 한다.

# 고민하는 법, 질문하는 법

요동지시(遼東之豕). "요동 땅의 돼지"라는 뜻이다. 중국 요동의 한 농부가 축사에서 태어난 흰 돼지를 상서롭게 여겨 황제께 바치고자 강을 건넜다. 그런데 가서 보니 그곳엔 온통 흰 돼지가 아닌가. 농부는 실망해 고향으로 돌아갔다. 식견의 좁음, 자기가 아는 것만이 진리인 양 착각하는 자기중심적 태도를 꼬집는 말이다.

사람들은 고민하는 법, 질문하는 법을 잊어간다. 정보의 진위 여부를 따지거나 다른 각도에서 바라보려는 노력은 머리 아프고 귀찮은 짓이 됐다. 다수가 주장하면 거짓도 진실이 된다. 이 '다수의 진실'은 합리적 이성을 마비시켜 페이크 뉴스, 음모론을 퍼다 나르게 한다. 그렇게 "여러분! 서명운동하면 피파에서 스위스랑 재경기 열어준대요!" 같은 촌극이 벌어진다.

제주도 인구와 우리나라 육군 병력이 각각 60만 명, 김보름과 박지우의 국가대표 자격을 박탈해달라고 청와대에 청원한 사람들 수와 같다. 일부는 인신공격과 저주를 퍼부었다. 후원사가 후원을 중단하고, 선수는 기자회견장에서 눈물을 흘렸다. 메달을 따고도 죄송하다는 말만 했다. 팀추월 경기에서 뒤처진 노선영을 홀로 두고 결승선을 통과했다는 것, 낙심한 동료를 챙기기는커녕 오히려 탓하는 뉘앙스로 인터뷰를 했다는 것이 분노의 이유였다.

나도 몹시 화냈지만 하룻밤 지나니 그 정도로 분노할 일인지 의아했다. '왕따', '모욕', '국가 망신' 따위 단어들이 나를 열받게 했는데, 생각해보니 모호한 인상이자 추측에 불과했다. 타 방송사 중계 영상을 찾아봤다. "있어서는 안 될 최악의 상황이 벌어졌다"며 목청 높인 모 방송사와는 달리 "끝까지 붙어줘야 한다", "체력을 안배하는 전략을 짰어야 한다"고 말했다. 논란이 된 인터뷰를 다시 보니 경기 상황에 대한 지나치게 솔직한 설명이었다. "풉" 웃었다는데, 나는 몇 번을 봐도 모르겠다.

이후 밝혀진 팩트들을 살펴보니 왕따 논란이 부풀려진 허구임을 알 수 있었다. 결정적으로 최근 노선영이 한 방송에 출연해 "팀추월 경기에서 발생한 상황은 다른 선수들과의 조합에서도 생길 수 있"으며 "개인 인성과 관련된 문제는 결코 아니"라고 밝히면서 논란에 종지부를 찍었다. 그럼에도 여전히 대중은 김보름에 대한 마녀사냥을 멈추지 않는다. 논란이 한창일 때 나는 SNS에 그녀를 용서하고 반성할 기회를 주자는 글을 올렸다가 사이코패스, 왕따 가해자라는 소리를 들었다.

불과 2분짜리 인터뷰로 왕따, 인격 살인, 국가 모독의 혐의를 씌우고, 국가대표 자격 박탈 구형을 하고, "절대 용서

받지 못할 것"이라며 형량을 선고하기까지, 잔혹한 재판이 일사천리 진행됐다. 기부를 해온 선행이 밝혀지자 '이미지 세탁'이라 하고, 옹호하는 여론은 '댓글 알바'라며 몰아세웠다. 한 현상을 다른 시각으로 본 타자들, "왕따가 아닐 수도 있다", "관용을 베풀면 어떨까"라고 말하는 사람들을 적대시했다. 타자성을 배격하는 자기중심적 동일성의 폭력, 끔찍하다. 사과해야 할 사람은 김보름이 아니라 함부로 돌을 던진 방송사와 언론, 60만 명이 이룬 '요동'이다.

결이 다른 얘기 한 마디 덧붙인다. 빙상연맹이 갈아엎어질 때 엘리트 체육 시스템과 국민들의 인지부조화도 고쳐져야 한다. 국가대표 축구팀에게 "투지가 실종됐다"며 엿을 던지던 사람들이 이번엔 "메달에 연연치 말고 즐기라"고 했다. 선수들에게는 올림픽이 평생의 꿈이자 전부다. 메달을 못 따면 박수는 받아도 현실의 삶이 고달파진다. '정직한 땀', '모두가 승자인 감동'은 우리 눈높이의 감상주의일지도 모른다. 선수들이 사는 현실은 전쟁터나 다름없기에, 그들에게 "즐기라"는 것은 우리더러 임용고시, 행정고시, 수능, 취업 면접을 즐기라는 말과 똑같다. 연맹이 제대로 일하고, 엘리트 체육 구조가 바뀌어 선수들의 미래가 보장되고, 국민들 이중성마저 개선되면 김보름과 노선영, 이승훈과 정재원을 두고 사람들이 만들어낸 논란 따위 아예 생기지 않을 것이다.

# 'MB 구속', 결과우선 시대의 종언

공병대에서 복무할 때 막사 건물 같은 시설물을 부수고 짓는 일을 많이 했다. 대개 그런 일의 마무리 단계는 쓰레기와 폐자재 등을 눈에 띄지 않게 처리하는 것이었는데, 병사들이 삽질을 해 큰 구덩이를 파 거기 묻었다. 그러면 군용 트럭이 그 위를 지르밟아 속칭 '나라시'라는 평탄화 작업을 했다. 깔끔했다. 그걸 잘하면 상급자에게 칭찬받았다. 아무도 문제 삼지 않았다. 해서는 안 될 일이었다.

과정이야 어떠하든 결과만 근사하면 박수 쳐주는 문화는 기업에도 있고, 학교에도 있고, 예술하고 문학하는 동네에도 있으며 예수 믿고 부처 믿는 곳은 물론 정정당당해야 할 스포츠에도 있었다. 나도 거기 물들어 20대를 지나왔다. 대학시절 과제나 시험에서 좋은 성적을 얻고자 인터넷 글을 짜깁기하는 편법을 쓰거나 커닝페이퍼 따위를 만들기도 했다. 반성한다.

결과우선주의는 능력우선주의와 동의어다. 결과만 좋으면 과정에서의 부정행위나 도덕적 해이에 대해 책임을 묻지 않는다. 일만 잘하면 모든 게 다 용서된다. 음주운전을 하고 불법도박을 하고 뇌물수수하고 다운계약서를 작성하고 논문을 표절하고 땅 투기를 하고 성추행을 했더라도 실력만 있으면, 성과를 내는 데 꼭 필요한 그 실력만 있으면 국가대표가 되고, 승진을 거듭해 임원이 되고, 국회의원이 되다.

그렇게 탄생한 괴물이 MB다. 그에게는 '샐러리맨의 신화'라는 수식어가 붙는다. 일반 사원으로 현대건설에 들어가 초고속 승진한 끝에 사장 자리에 올랐다. 도대체 일을 얼마나 잘했기에 그토록 능력을 인정받았을까. 그의 출세가도에는 정직한 땀과 노력만 있었을까. 경제발전을 위해서라면 인간 존엄이나 도덕, 자연의 가치 따위 쉽게 저버리던 시대다. 온갖 부실과 편법은 잘 닦인 도로와 높이 솟은 빌딩에 가려 보이지 않았다. 성수대교가 놓인 70년대와 삼풍백화점이 선 80년대를 지나 그것들이 무너진 90년대에 기업인으로 또 정치인으로 전성기를 달린 MB다. 이후 서울시장을 거쳐 유력 대선 후보가 되기까지 그의 승승장구에는 부정과 비리 의혹이 항상 따라다녔다. 투자사기, 주가조작, 뇌물수수, 횡령, 배임, 탈세, 불법증여…… 그럼에도 국민들은 그를 대통령으로 뽑았다. "흠 있고 구린 데가 있어도 일만 잘하면, 경제만 살리면 오케이"라고 했다. 능력우선주의의 극치였다.

미투 운동에 의해 고발된 성폭력 가해자들이 추악한 짓을 일삼았음에도 문화예술계에서 오랜 세월 거장으로, 스타로 자리매김할 수 있던 것도 그 분야의 실력자들이었기 때문이다. 그들의 성과 덕분에 먹고사는 관련업계 종사자들은 보고도 못 본 척, 들어도 못 들은 척 침묵했다. 그러는 동안 수

많은 피해자들이 고통받았다. 그 견고한 '침묵의 카르텔'을 깨뜨리기 시작했다는 점에서, 또 실력만 있으면 범죄도 적당히 덮어주던 결과우선주의 사회에 경종을 울렸다는 점에서 미투 운동은 대단히 의미 있다.

MB의 구속은 결과우선, 능력우선을 지향하던 시대의 종언을 뜻한다. 기업가, 고위공무원, 정치인 등 우리 사회의 성공한 사람들 중 투기, 아들 병역 기피, 논문 표절, 탈세 등에서 떳떳한 이를 도무지 찾을 수 없던 부정부패 전성시대에 국민들이 환멸을 느꼈을뿐더러 "일만 잘하면 그만"이라고 생각했는데 일도 못하니 더 분노하게 된 것이다. 부정하게 이룬 '1등', '최연소', '최대' 따위 결과보다 정직한 노력과 공정한 경쟁, 순수한 땀과 눈물의 가치를 더 귀하게 여길 만큼 국민 정서는 성숙했다. 국민의 눈높이는 이토록 달라졌는데 사회지도층이라는 사람들은 여전히 속은 더러운 것들로 곪아도 겉만 번지르르하게 '나라시'하면 되는 줄 착각하고 있다.

공병삽으로 땅 파서 묻었던 건축 폐기물들, 십수 년 자연의 정화작용에 의해 땅 위로 다 드러났을 것이다. 자연만 자정능력을 지닌 게 아니다. 우리 사회도 더럽고 부정한 것들을 견디지 못하고 밖으로 떼밀어 반드시 토해낼 것이다. 그러니 정직해야 한다.

# 재벌과 동물의 왕국

동물은 배고프면 먹고, 졸리면 자고, 마려우면 싼다. 자기보다 약한 짐승을 잡아먹고, 강한 상대에겐 꼬리를 내린다. 동물의 왕국에는 생존과 번식을 위한 본능만 있다.

철학자 알렉상드르 코제브에 따르면 타자와 교류하려는 욕망이 인간의 조건인데, 반대로 동물은 욕구만을 갖는다. 이 '욕구'란 생리적인 것으로 타자와의 관계를 필요로 하지 않는다. 약육강식의 야생에 수직적 먹이사슬만 존재하는 이유다. 동물은 그저 식욕이나 번식욕 같은 욕구를 해소하기 위해 다른 동물을 잡아먹고, 교미한다. 결핍이 생기는 즉시 해소하지 못하면 사나워진다. 굶주리거나 발정이 나면 울부짖고 길길이 날뛴다.

권력 관계에서 우위에 있는 사람이 약자에게 하는 부당행위가 '갑질'이다. 경비원 폭행한 피자집 사장, 아들 보복 폭행한 '빠따' 회장님, 술만 마시면 문제를 일으키는 그 집 셋째 아들, 조폭보다 더 극악무도한 '맷값' 깡패, 백화점 점원 무릎 꿇린 모녀, 운전기사에게 상습적으로 욕설한 제약회사 재벌2세 등등 나열하자면 끝도 없다. 공통점은 '인성 결핍'이다. 인성(人性)은 말 그대로 사람의 성품인데, 그걸 갖추지 못했으니 인간보다 동물에 가깝다. 입만 열면 개, 소, 돼지를 찾는 것도 "뭐 눈에는 뭐만" 보이기 때문이다.

한 대기업 오너 일가의 갑질이 또 화제다. 재벌들끼리 "누가 더 패악을 잘 부리나" 경쟁하는 문화라도 있는지 기존 갑질들보다 더 자극적이고 '막장'이다. 제 분을 못 이겨 날뛰면서 소리 지르고 물건을 집어 던지고 입에 담을 수도 없는 욕설을 뱉는 짓은 제왕적 권위주의나 분노조절장애 같은 말로는 다 설명이 되지 않는다.

모녀는 발악하듯 고함을 질렀는데, 사람의 음성이라기보다 동물이 울부짖는 소리로 들렸다. 딸은 무언가 불만족스러운 상황이 해소되지 않자 유리컵을 던지고 물을 뿌리는 등 과도한 공격성을 보였다. 동물들이 그렇게 한다. 엄마도 손찌검과 발길질은 기본이고 "금쪽같은 내 새끼 화장실 가다 넘어지면 책임질 거냐"며 난동을 부렸다. 이 역시 동물의 '새끼보호행동'과 유사하다. 아빠는 그 망동을 보면서도 뒷짐만 졌다. 어디서 많이 본 장면 아닌가? 사바나 초원의 사자 가족을 보는 듯하다. 인성의 결여를 맹수성으로 채운 집안이다.

초등학교 때 토요일 방과 후 주한미군방송에서는 미국 프로레슬링 경기가 방영되었다. 그걸 보고 있으면 엄마가 채널을 돌려버렸다. 비디오 게임이나 조폭 영화 같은 것들도 폭력을 조장하는 유해물이라며 접근을 막았다. 그런다고 안 봤을까? 오락실도 열심히 다니고, 교실 책상 뒤로 밀고 레슬

링도 하고, "고마 해라, 마이 묵었다" 같은 조폭 영화 대사도 따라했다. 하지만 대기업 일가의 자녀들처럼 동물적 인간으로 성장하지는 않았다. 타인을 나와 동등한 존재로 여기는, 지극히 상식적인 '인간사회'에서 살아온 덕분이다. 권력 같은 것을 단 한 번도 가져본 적 없는 부모 아래서 이웃과 김장김치 나누고 ARS로 몇천 원 용돈이나마 수재의연금도 보내면서, '을'들은 그렇게 자랐다.

그룹 총수 집에서는 매일 '동물의 왕국'만 봤을까. 그걸 보며 모방한 결과가 오늘의 갑질일까. 수행원, 가정부, 운전기사, 정원사, 요리사, 회사 직원 등 주변의 모든 사람들을 자신들의 안위와 만족을 위해 존재하는 기계부품쯤으로 생각하는 돼먹지 못한 특권의식이 문제다. 어려서부터 부모가 타인들을 하등한 존재로 여기며 행패 부리는 걸 보며 자랐으니 사람을 사람으로 대하는 법을 알 리 만무하다. 자기 종족 외에 타자들은 모두 먹잇감이나 공격 대상으로 여기는 동물의 습성이 내면화된 야생의 왕국, 그게 우리 대기업 문화라면 더 이상 그들에게 먹이를 줘선 안 된다. 대략 1만 3천 년 전, 야생 늑대는 굶주림을 못 견디고 민가로 내려와 사람에게 꼬리를 흔들고 굴종하며 애완견이 되었다.

# 젊은 꼰대

"미지의 신세계로 달려가자 젊음의 희망을 마시자 영원의 불꽃 같은 숨결이 살고 있는 아름다운 강산의 꿈들이 우리를 부른다 … 아아 사랑스런 젊은 그대 아아 태양 같은 젊은 그대"

옛날에 많이 불렀던, 이라고 쓰다가 스스로를 검열하며 문장을 고쳐 쓴다. '옛날'이라니, "왕년에는 말이야"와 조금이라도 비슷한 뉘앙스를 풍기고 싶지 않다. 인용한 문장은 한때 열심히 따라 불렀던 김수철의 〈젊은 그대〉 노랫말이다. 경쾌하고 희망적인 이 노래를 우울한 마음으로 떠올린 것은 어느 '젊은 꼰대' 때문이다. 진짜 좋은 노래인데 그 꼰대 탓에 자꾸 "아아 젊은 꼰대, 젊—은 꼬온—대"가 귓가와 입을 맴돈다. 한 글자만 바꿔도 '그대'는 '꼰대'가 된다.

"미지의 신세대로 (훈수 두러) 달려가자 젊음의 희망을 (뺏어) 마시자 영원의 불꽃 같은 기득권이 살고 있는 (나에게만) 아름다운 갑질의 꿈들이 우리를 부른다 아아 사악스런 젊은 꼰대 아아 재앙 같은 젊은 꼰대"

얼마 전 한 청와대 행정관이 경기도 산하기관 직원에게 반말하고 폭언한 사건이 있었다. 그는 "전화를 받는 젊은 친구의 태도가 마음에 안 들었다. 젊은 대리가 벌써부터 거짓말을 해서 '취조'를 했다. 내 동생이었으면 쥐어박았을 것"이라고 항변했다. 공공기관 갑질 근절 차원에서 불공정 관행을 조사하던 중 벌어진 일이라는데, 갑질을 누가 하는지 스스로 돌아봐야 할 것이다. "그 젊은 친구", "젊은 대리가 벌써부터", "내 동생이었으면" 같은 '꼰대어'가 심히 거슬린다. 행정관과 경기도 산하기관 직원은 각각 40대, 30대 중반이라고 한다. 100세 시대에 40대 중반이면 '젊은이'에 속한다. 젊은이가 젊은이더러 젊은 친구 꿀밤을 쥐어박겠다고 한 꼴이다.

늙은 꼰대보다 젊은 꼰대가 더 문제다. 물리적 나이만으로 늙음과 젊음을 나눌 수는 없지만 정치권이나 기업에서 '486'이니 '40대 기수론' 따위를 외치며 '젊음!'을 강조하는 걸 생각하면 40대 연령까지를 보편적이고 또 상징적인 '젊음'의 범위로 볼 수 있겠다. 권위의 부당한 폭력과 불합리에 저항하며, '고인 물'이 되기보다 새로운 질서를 만들어내는 것이 젊음의 정신인데, 육체는 젊으나 온갖 못돼먹은 권위주의에 물들어 일찍 영혼이 늙고 병든 40대와 30대와 20대와 심지어 10대까지, 젊은 꼰대들이 너무도 많은 세상이다.

언젠가 나보다 일곱 살 위인 어느 77년생 선배가 스스로를 "청년들을 응원하는 아저씨"라고 칭하며 후배들의 개인사는 물론이고 청년 문제를 다루는 뉴스마다 사사건건 훈수를 두는 걸 보며 속이 메스꺼웠던 적이 있다. 그 선배를 보면서 나도 역으로 꼰대질을 해주고 싶었다. "이제 마흔둘

밖에 안 된 젊은 양반이 어디서 이래라 저래라 간섭질이야?" 라고, 목구멍에 걸린 그 말을 토해내지 못해 아직도 속이 더부룩하다.

꼰대들은 이중적이다. 내가 어릴 때는 "어른들 노는 데 애들 끼는 거 아니다. 애들은 가라"더니 이제는 그 '애들' 노는 데 꼭 끼려고 한다. 젊은 꼰대들이 이젠 그걸 따라 한다. 신입생 얼차려 주고, 선배 응대 매뉴얼 만드는 대학교 '똥군기'가 만연하다. 그렇게 군기 잡던 선배들이 복학해서는 신입생들 노는 데 끼려고 환장한다. 그냥 끼는 게 아니라 꼭 "이건 맞고 저건 틀리지", "그렇게 하는 게 아니지", "묻지도 따지지도 말고 내 말 들어봐"를 장착하고 끼어든다. 요즘 말로 '낄끼빠빠'(낄 데 끼고 빠질 데 빠져라)만 알아도 꼰대는 면할 수 있다.

꼰대는 널렸다. 나도 여러분도 언제든 꼰대가 될 수 있다. 조심하자. 제발 누가 뭐 먹는다고 하면 "여기 가라 저기 가라 이렇게 먹어야 된다" 좀 하지 말자. 여행 간다고 하면 "○○는 반드시 가봐야지, 거기까지 가서 ○○을 안 봤다고?" 하지 말자. 정철의 책 『꼰대 김철수』에는 이렇게 쓰여 있다. "꼰대는 나이가 아니라 선택"이라고.

# 부디, 자유하시라

엘리베이터에서 그는 무슨 생각을 했을까. 생각은 이미 완성되었으니, 죽음을 앞둔 마음은 참담했을까, 두려웠을까, 미안했을까. 17층과 18층 사이 창문틀에 서서 그가 본 세상의 마지막 풍경은 어떤 것이었을까. 태양은 뜨겁고 나무는 울창하며 매미는 요란했겠지. 아파트 너머 남산과 서울타워를, 한강을, 서울역 노숙자들과 남대문시장 상인들을, 노동자들의 눈물이 흐르는 청계천을 보았을 것이다. 몸이 곧 폐쇄됨을 알아차린 감정들이 밖으로 뛰쳐나와, 울었을 것이다. 속으로 삼킨 비탄이 칼날처럼 폐부를 찔렀을 것이다. 정직한 사람만이 설 수 있는 부끄러움의 높이에서 몸을 던졌을 때, 폭염에 이글거리는 아스팔트 바닥이 그의 숨을 거두어갔다. 언제나 '바닥'을 향했던 한 생애가 그렇게 저물었다.

진보정치인이자 대중정치인, 용접공 출신 노동운동가, 위트 있는 달변가라는 것 등 드러난 생애 외에 나는 노회찬을 잘 모른다. 잘 모르지만 그의 죽음에 슬퍼하는 수많은 사람들을 보면서 한 삶이 저토록 많은 이들을 설득하고, 공감케 하고, 움직일 수 있다는 것에 새삼 놀란다. 정말 아까운 사람을 잃었구나, 그가 추구한 가치와 신념 쪽에 함께 서주지 못했구나, 안타까움과 후회는 늘 한 걸음 뒤에 온다. "진보가 추구하는 가치가 현실보다 앞에 있고, 현실보다 위에 있어서, 그 거리와 낙차가 생명을 버려야 할 만큼 벌어질 때가 있다"고 쓴 〈조선일보〉 원선우 기자의 SNS 글을 읽고 목이 멨다. 그 '진보의 높이'에서부터 생명을 버리면서까지 뻗어 내린 수직의 인양줄이 현실을 더 높은 곳으로 끌어올려 줄 수 있을까.

스스로를 평화인, 문화인, 자유인이라고 칭했다. 그는 외롭고 쓸쓸한 사람들 편에 늘 서 있었다. 쨍쨍한 고통과 슬픔의 자리에 방치된 자들, 대낮 같은 수치와 모욕, 멸시와 냉대에 무방비로 노출된 자들의 대숲과 오두막이 되어주었다. 빈민, 노동자, 장애인 등 약자들과 함께 어깨를 부여잡고, 팔짱을 끼고, 울고, 소리쳤다. 청년 시절 유신독재에 반대하고, 노동운동에 몸 바쳤으며, 정치에 입문해서는 재벌 비리를 파헤치고, 비정규직 노동자들의 처우 개선을 위해 헌신하고, 장애인 차별금지법과 세입자 보호법 등 사회약자들을 위한 활동들을 펼친 것이 그가 '평화인'이었다는 증거다.

'문화인'으로서도 많은 이들에게 감명을 주었다. 인류 문화의 참된 정수가 나는 '유머'에 있다고 생각하는데, 그는 어떤 상황에서도 유머를 잃지 않았다. 은유적이고 위트 있는 그의 언변은 '호르헤 수도사'들로 가득한 정치판의 삭막함을 조금이나마 가볍고 습윤하게 만들었다. 정치에 환멸을 느끼던 국민들이 그의 부드러운 말과 익살을 통해 정치와의 거리감을 좁힐 수 있었다. 정치판에 만연한 '욕망의 언어' 대신 그는 '희망의 언어'로 말했다. 첼로 연주에 능하고, 영화와 문학을 사랑했던 참된 문화인이었다.

다만, 끝내 '자유인'이 되지 못한 것 같아 마음 아프다. 물론 그가 지향한 '자유'는 사회약자와 민중의 것이다. 자신이 죽어야만 불합리한 사회와 기득권의 억압으로부터 그들이 훗날 자유로워질 수 있다고 생각했을까. 자기 생명을 이웃들이 누릴 자유의 마중물로 쏟아놓고, 그 자신 스스로 굴레와 멍에, 모욕, 죄책감을 짊어진 채 세상을 떠났다. 그가 한 평생 꿈꿔온 소외 없고 차별 없는 세상을 이 땅에 남겨진 자들이 가꿔갈 때, 그는 비로소 '자유인'으로 완성될 것이다.

부고를 듣던 날부터 지금까지 노래 한 곡이 내내 마음을 떠돈다. 오래전 본 한 연극에서 들은 '맹인가수의 노래'다. 그의 빈소에 못 간 대신 멀리서나마 이 노래를 영전에 바친다. 부디, 자유하시라.

"등불 하나 켜들고 그대 있는 곳으로 가리라. 등불 하나 켜들고 지지배배 새소리 흘러가는 물소리를 실어 오리라. 마침내 세상은 위험으로 가득 차서 우리 마음은 저 캄캄한 밤 안개, 그러나 세상이 슬픈 바다라 할지라도 등불 하나 켜들고 나는 기다린다. 아름다운 사람아."

# 3부

## 밥 짓는 타자기

# 내 이름은 이병철

나는 내 이름을 싫어한다. 이미 세상에 널리 알려진 사람의 이름이라는 것이 마음에 들지 않는다. 남이 입다 벗은 옷을 주워 입는 듯한 찜찜한 기분이 들고, 이름의 주인이 따로 있는 것만 같다. 내 고유한 생이 누군가의 아류처럼 여겨지는 것만 같아 불쾌하다.

새 학기 출석을 부를 때면 선생님들은 꼭 "회장님이 여기 계시네? 너희 집 돈 많으냐?"라고 물었다. 고등학교를 졸업하고 대학교, 군대에 가서도, 심지어 사회에 나가서도 그 질문은 꼬리표처럼 따라다녔다. 하도 자주 물어보니까 "이름만 부자고 사람은 거지"라고 신경질적으로 쏘아붙인 적도 있다.

회장님과 나는 이름의 한자도 똑같다. 아버지께서 작명소에 가 지어 왔는데, 돈 많이 버는 이름이라면서 역술인이 추천한 것이다. 그렇게 할 것 같으면 나도 미아리에 돗자리 깔겠다. 정 씨면 정주영, 김 씨면 김우중, 신 씨면 신격호라고 이름 짓는 일이 뭐 어려운가.

한산 이씨 문열공파로서 목은 이색의 후손인 나는 항렬로 따지자면 '복'자 돌림을 써야 한다. 내 나이를 생각하면 조금 촌스럽게 느껴질 수도 있는 '복' 대신 얻은 이름이 병철인데, 이것도 그다지 세련되지는 않다. 그저 다른 유명한 사람의 이름이라는 이유만으로 내 이름을 싫어하는 것은 아니다.

초등학생 때는 다들 유치해서 '병'이 들어가는 욕설 등으로 놀렸다. 중학생 때는 그 수준이 조금 향상됐다지만 "이 병은 철로 만들었습니다" 따위 졸렬한 삼행시를 듣고 있노라면 막말로 뚜껑이 열렸다. 고등학생 때는 '빙치리', '뱅철이' 같은 언어유희의 표적이 되곤 했다. 왜 나는 혁이나 빈, 훈, 우성 같은 이름을 가질 수 없는가 한탄하는 날이 많았다. 이건 농담이 아니고 진짜 진지하게, 나는 "이병 이병철" 하기 싫어서 장교로 군대에 간 사람이다.

누가 문득 내 이름을 부를 때, 혹은 약 봉투나 우편물에 적힌 내 이름이 보일 때 나는 순간적으로 소스라친다. 기표로서도 이상하고 음가도 괴상한데 '회장님'이라는 기의 때문에 더더욱 내 이름을 순순히 받아들일 수가 없다. 그래서 등단만 하면 필명을 쓰겠다고 다짐했다. 하지만 몇 개의 이름을 지어놓고 우물쭈물하는 사이 나는 '이병철 시인'으로 유통되고 있었다. 필명을 써서 복잡하고 귀찮은 일들 자주 겪을 바에야 다행이라고 스스로를 설득했다. 필명의 물망에 올랐던 이름들은 차마 열거할 수 없다. 정말 손발이 다 오그라든다.

그럼에도 손자의 이름을 다정하게 부르는, 돌아가신 할아버지의 음성이나 눈멀고 귀먹은 할머니의 어눌한 발음을 생각하면 내 이름은 우산이며 난로다. 나를 사랑하는 이들이 따뜻한 입술로 내 이름을 부를 때면 세상에 태어나길 잘했다는 생각이 든다. 하지만 꼭 '병철'이 아니었더라도 좋았을 것이다. 이름이 어떻게 본질을 규정하고 구속할 수 있겠는가. 차라리 내겐 '늑대와 춤을'이나 '주먹 쥐고 일어서' 같은 인디언 이름이 더 어울렸을지도 모른다.

이젠 다 틀렸다. 개명도 할 수 없고 필명을 쓰기에도 늦었다. 이름으로부터 도망치거나 대적하는 일이 요원해진 가운데, 단 하나의 가능성만 유효하다. 내 이름이 가진 상투적 기의를 스스로 거세시키는 방법이다. '회장님'과 무관하게 철저히 자본과 경제, 돈으로부터 멀어져서 사는 것이다. 이 방법론은 자발적 가난을 의미하거나 궁핍에 대한 변명으로 사용되진 않을 것이다. 먹고살 만큼은 벌어도 물신의 노예는 되지 않겠다는 태도다. 그게 내 이름에 대한 복수이자 예의다.

다음 주에 나는 노르웨이에 간다. 게스트하우스 프론트에서 벽안의 외국인이 '리뿅촐' 하는 소리나 가만히 들으면서, 노르웨이식으로 이름을 짓는다면 어떤 게 좋을까를 상상하고 있을 것이다. 뭉크보다는 '글람벡 뵈'나 '스톨텐베르그' 같은 고난도 발음이 좋겠다. 그런 이름이라면 친구들도 어떻게 놀려먹어야 할지 감이 잘 안 잡힐 테니까.

# 봄꽃은 간다

지난주 갑작스러운 고온현상으로 4월 초인데도 한여름 마냥 더웠다. 벚꽃이 화들짝 폈다. 저들도 놀란 모양이다. 요즘은 봄꽃 피는 순서가 뒤죽박죽이다. 매화와 산수유가 아직 꽃망울 매달고 있는데 진달래, 개나리 피어난다. 벚꽃과 목련도 하늘 아래 환하다. 어딜 가도 다 울긋불긋하다. 자연의 순리가 깨지는 건 안타깝지만, 꽃의 독주가 아닌 오케스트라를 듣는 기쁨이 크다. 웅장하고 환희로운 색채의 볼륨을 한껏 높여본다.

봄꽃 피는 무렵이면 몇 개의 기억들이 떠오른다. 학부 시절, 시비(詩碑) 탐방을 하고 인증 사진을 찍어 제출하는 과제를 받았다. 햇살 좋은 봄날에 집 밖으로 나가 꽃도 보고 시도 읽으며 세상 아름다운 줄 좀 알라는 교수님의 배려였다. 연세대 윤동주 시비, 도봉구의 김수영 시비, 남산의 김소월 시비 등이 있었지만 안 갔다. 그땐 꽃이 예쁜 줄도 몰랐고, 세상의 풍요는 더더욱 나와 상관없었다. 과제는 내야 했기에 인터넷에서 찾은 소월의 「진달래꽃」 시비 사진에다가 내 사진을 합성해 제출했다. 컬러 인쇄를 하면 티가 날 까봐 흑백으로 출력했다. 모교에서 시간 강사를 하는 지금, 학생들에게 같은 과제를 냈다가 내 안의 양심의 소리를 듣고는 철회했다.

학과 내에 시를 쓰는 소그룹이 따로 있었는데, 거기 호감 가는 여학생이 있었다. 그래서 소그룹에 가입했다. 하루는 지도교수님을 따라 봄 북한산에 갔다. 청수장에서부터 대동문, 칼바위능선을 지나 백운대까지 올랐다. 산을 오르며 본 진달래능선에는 산불이 난 듯했다. 하산 후 구파발 홍탁집에서 술을 마셨다. 바보 같은 나는 밤이 될 때까지 그 여학생에게 한마디 말도 못 붙였다. 그녀는 먼저 일어나 귀가했고, 교수님의 '총애(?)'를 받느라 끝까지 자리를 지킨 나는 지하철 끊긴 심야의 거리를 터벅터벅, 쓸쓸하기 그지없이 걸었다. 그때 가로등 불빛을 머금은 벚꽃이 어찌나 환하게 웃고 있던지. 막걸리에 대책 없이 취해서는 내 실연을 애꿎은 벚꽃에다 뒤집어씌웠다. 다 너 때문이라고, 가슴속 이 뜨거운 불덩이는 다 널 닮은 그 아이 때문이라고!

두 해 뒤, 사이먼 앤 가펑클 〈April come she will〉처럼 사월을 온통 꽃숭어리로 뒤덮으며 한 여자가 왔다. 그녀는 꼭 목련꽃 같았는데, 저 혼자 아름다우면서 또 두루 선하고, 누구에게도 지나치지 않았다. 사람들 사이에 가만히 앉아 말없이 큰 눈만 빛낼 때, 그 깜박이는 작고 둥근 우주에 빠져 죽었으면 좋겠다고 생각했다. 그러나 외사랑은 피어서는 더없이 순결한데, 지고 나면 진창이다. 꼭 목련꽃처럼 말이다. 온통 멍들고 짓이긴 상처와 고름 위를 질척거리며 한 시절을 보냈다. 그 여학생도, 목련꽃 같던 그녀도 지금은 모두 애엄마가 되었다.

꽃이 아름다운 줄 알게 된 후로는 섬진강변 홍매화와 김해 건설공고 와룡매화도 보러 가고, 쌍계사 벚꽃길도 거닐곤 한다. 집에서 가까운 서울 동작동 국립 현충원의 수양벚꽃은 볼 때마다 감탄을 자아낸다. 꽃송이마다 거기 아직 색도 열기도 다 기시지 않은 내 봄날의 추억들이 물들어 있다. 매년 피는 봄꽃이지만 올해의 봄꽃은 지금뿐이다. 봄날도 가지만 봄꽃도 간다. 살면서 놓친 것들이 많지만 특히 속상한 건 2003년의 벚꽃과 2006년의 진달래와 2011년의 매화를 보지 못한 일이다. 나를 위해 차려놓은 봄꽃 뷔페에 가 앉지 못했다. 봄날에 꽃구경 한 번 가지 않는 것은 취소 연락도 없이 예약 장소에 안 나타나는 '노 쇼(no show)'나 마찬가지다. 겨울을 뚫고 힘들게 꽃대궐 차린 봄에 대한 예의가 아니다.

학생들에게 주지 못한 과제를 여러분께 드리고자 한다. 시비가 세워진 곳은 대개 공원이거나 자연과 가깝다. 꽃구경할 겸 시비 탐방 한 번 다녀오시라. 영화 〈동주〉와 드라마 〈시를 잊은 그대에게〉 등으로 시에 대한 관심이 높은 요즘이야말로 연인끼리, 가족끼리 가볼 만하다. 그런데 부디 남자들끼리는 가지 말기를!

# 점수로 평가할 수 없는 삶

러시아의 피겨스케이팅 선수 예브게니아 메드베데바가 김연아의 기록을 경신했다. 김연아가 2010년 밴쿠버 올림픽에서 기록한 쇼트와 프리 프로그램 합계 228.56점보다 1.15점 높은 229.71점을 받았는데, "메드베데바가 김연아를 넘어섰다"는 투의 자극적 문구들이 뉴스 기사를 장식했다. 우리나라 일부 언론들, 그리고 일본과 러시아가 특히 극성이었다. 하긴 김연아의 점수는 절대 깨지지 않을 '신성불가침' 영역으로 여겨졌으니, 신기록 탄생이 크게 놀랄 만한 일은 틀림없다. 반대편에서는 점수 인플레 영향이라며 메드베데바의 기록을 평가절하하고 있다.

정작 김연아는 이 일에 대해 별다른 반응이 없다. 아마 언론과 인터뷰를 하더라도 진심으로 메드베데바에게 축하와 격려의 말을 보낼 것이다. 2014년 소치 올림픽에서 개최국 러시아에 유리한 편파판정으로 금메달을 목에 걸지 못했을 때도 그랬다. 김연아는 덤덤한데 주변에서 난리였다. 세계피겨연맹에 제소해야 한다거나 평창에서 보복해야 한다는 분노의 성토들이 들끓었다.

내 존경하는 선생은 "이루었으나 더 이루어야 하므로 시는 언제나 이루지 못하게 한다"고 말씀하신 적이 있다. 예술이나 학문처럼, 점수를 매겨 평가할 수 없는 노력들은 '언제나 이루지 못하는' 경지를 피안(彼岸)에 두고 있다. 나는 2014년 소치 올림픽 당시 김연아에게서 그걸 보았다. 이미 모든 것을 이룬 한 인간이, 언제나 이루지 못하는 경지를 향해 뛰었고, 마침내 다다랐다. 더 이루었다.

김연아가 다다른 곳은 높고 빛나는 곳이 아니었다. 그런 곳이야 이미 무수히 올라섰다. 완전히 다른 세계였다. 점수로 다다를 수 있는 곳이 아니었다. '이루지 못하는 것'을 이루려는 그녀의 시야에 메달이나 등수 따위는 없었다. 그건 애초에 우리들의 범속한 화두였다. 마지막 경기는 어떤 다짐이나 약속도 아니고 무언가를 증명하기 위한 것도 아니었다. 피겨스케이팅 선수 김연아와 스스로 작별하는 시간이었다.

그때 그녀는 자신이 사랑한 얼음 위에 가장 빛나는 몸짓을 선물했다. 자기 자신에게 애틋하지만 담담한 인사를 고했다. 그건 사랑의 대상을 향한 최고의 예우로, 내가 살면서 본 가장 근사한 오마주였다. 4분 10초의 연기가 아니라 스케이트를 신었던 18년의 한 생애였다. 그리고 결국 '언제나 이루지 못하는' 경지를 이루었다. 김연아의 점수는 점수 너머에 있고. 그녀의 스케이팅은 피겨스케이팅 너머에 있다.

김연아를 생각하며, 메드베데바의 경기 영상을 보았다. 확실히 기량이 뛰어나 보인다. 정말 잘한다. 그런데 감동은 느껴지지 않는다. 예술성이 풍부해 보이거나 미적 고취를 일으키거나 하지 않는다. 철저하게 기술적으로 훌륭하다. 팔이 안으로 굽어서가 아니라 정말 그렇다. 그녀가 김연아보다 높은 점수를 받을 수는 있다. 그러나 김연아보다 뛰어난 스케이터라는 데에는 동의할 수 없다. 노래방에서 100점 맞는다고 해서 노래 잘하는 게 아닌 것과 같은 이치다.

정부가 블랙리스트를 만들어 문화예술인들을 감시 및 관리한 것도 예술을 점수 매겨 평가하려는 어리석은 발상의 결과다. 진정한 예술은 리스트 너머에 있다. 예술은 점수로 평가하는 지원 사업 따위에 종속되어 있을 수가 없다. 우리의 삶도 마찬가지다. 얼마나 많은 숫자와 점수들이 나를 대신하고 있는가. 등수와 학점으로 능력은 물론 인성까지 평가받고, 영어 점수와 연봉으로 삶 전체가 저울대에 오른다. 정육처럼 등급과 무게로 계량되는 숫자놀음의 굴레에 우리는 갇혀 있다.

그러나 삶을 위한 노력들은 점수를 매겨 평가할 수 없는 것이다. 인생은 늘 이룬 것 같지만 이루지 못하고, 언제나 이룰 수 없는 꿈을 좇아 나아가는 무모한 여정인지도 모른다. 우리의 삶은 점수 너머에 있다. 나라는 한 사람을 점수와 기록이 결코 말해줄 수 없다. 사랑이나 행복, 또는 꿈이라는 추상들, 그 이루지 못하는 걸 이루고자 노력할 때, 우리는 이미 많은 것을 이루며 한 걸음 더 성숙한 삶으로 나아가는 것이다.

# '원더풀 투나잇'과 일상의 기다림

패티 보이드가 내한했다. 비틀즈의 조지 해리슨과 '기타의 신' 에릭 클랩튼을 미친 사랑의 불길로 뛰어들게 한 '록음악의 뮤즈'다. 1965년 조지 해리슨과 결혼해 12년을 살았고, 이혼 후 1979년 에릭 클랩튼과 재혼했지만 십 년 뒤 헤어졌다. 조지 해리슨과 에릭 클랩튼은 절친한 사이였다.

비틀즈의 앨범 《Abbey Road》에 실린 〈Something〉은 조지 해리슨이 패티 보이드에게 바친 사랑 노래다. 프랭크 시나트라가 20세기 가장 위대한 러브송이라고 극찬했다. 친구 아내를 사랑한 에릭 클랩튼이 실연의 고통을 울부짖은 노래가 그 유명한 〈Layla〉인데, 운전을 하다가 라디오에서 이 노래 도입부의 기타리프가 울리면 발끝까지 전류가 흐르는 느낌이다.

지난 금요일 저녁, 〈배철수의 음악캠프〉를 듣는데 〈Layla〉가 나왔다. 배철수 씨가 '패티 보이드 여사'를 소개했다. 내한 일정으로 라디오 방송에 출연한 것이다. 그녀는 조지 해리슨과 에릭 클랩튼, 그리고 자신의 삶과 사랑, 사진에 대한 이야기를 들려주기 시작했다.

조지 해리슨과 처음 만난 날 그가 대뜸 청혼한 것을 영국

북부지방 출신 특유의 난해한 개그로 받아들였다는 일화, 다른 여자가 아닌 에릭 클랩튼의 기타에게 질투를 느꼈다는 이야기, 조지 해리슨과 에릭 클랩튼 중 누가 더 인간적으로 매력적인지를 묻는 질문에 "조지는 19살에 만났으니 19살의 내겐 조지가 매력적이고, 에릭은 30대에 만났으니 그때의 내겐 에릭이 매력적이었을 것"이라고 한 현명한 대답 등이 인상적이었다.

가장 흥미로웠던 것은 에릭 클랩튼의 명곡 〈Wonderful tonight〉이 만들어진 비화다. 저녁 파티 약속이 있어 외출 준비를 하는데, 그날따라 옷 선택이 어려워 오래 걸렸다고 한다. 에릭 클랩튼이 1층에서 기다리는 동안 옷을 여러 번 바꿔 입고, 머리를 올렸다가 풀기를 반복하고, 메이크업을 다시 고치는 등 한참을 치장한 끝에 화난 남편을 걱정하며 까치발로 계단을 내려갔다고. 그런데 에릭 클랩튼은 화를 내기는커녕 당신을 위해 지금 막 노래를 만들었다며 〈Wonderful tonight〉을 들려줬다 한다.

"늦은 저녁, 그녀는 어떤 옷을 입을지 고민하고 있어요. 그녀는 화장을 하고 긴 금발머리를 빗어 내려요. 그리고 나에게 묻지요. '나 괜찮아 보여요?' 나는 대답합니다. '응, 당신 오늘 밤 정말 근사해'라고."

치장하는 데 오래 걸리는 여자를 하염없이 기다려본 남자는 알 것이다. 그 시간이 세상에서 가장 지루하고, 짜증나며, 대충 씻고 나와 어제 신었던 양말을 다시 신은 자신이 야만인처럼 느껴지는 비교성찰의 시간이라는 것을. 그래서 대개 남자들은 오랜 치장 끝에 중국 경극 배우나 일본 갸루의 모습으로 눈앞에 나타난 여자를 향해 불같이 화를 내거나 "줄 긋는다고 뭐가 달라지느냐" 따위의 '망발'을 해버리곤 한다. 기다리다 지쳐 부아가 치민 것인데, 기다림에 익숙하지도 않고, 기다림의 시간을 가치 있게 사용할 줄도 모르는 게 문제다.

한국 남자들은 외출 준비하는 여자를 기다리는 일뿐만 아니라 모든 것에 성미가 급하다. 내 이야기라서 너무 잘 안다. 스스로 판단해 문제를 푸는 아이의 노력을 기다리지 못하고 답을 가르쳐준다. 그것도 모르냐며 꿀밤을 쥐어박는 것도 빼놓지 않는다. 초보운전 차가 차선 바꾸는 걸 기다려주지 않는다. 거칠게 다뤄야 운전이 는다며 경적을 울려 '배려'한다. 배달 음식, ARS 상담사와의 통화 연결, 사용 중인 화장실, 0대 0 축구 경기, 식물 키우기, 빨래 마르기, 메뉴판 등을 기다리다 열이 뻗친다. 그래서 괜히 연인에게, 가족에게, 애꿎은 타인에게 화를 낸다. 내 기분도 망치고 남도 망치는 공해를 저지른다.

그러나 에릭 클랩튼의 경우처럼, 어떤 가치 있는 일들은 무용하고 따분하다고 여겨지는 일상의 기다림 속에서 탄생한다. 전자레인지의 음식이 익기를 기다리는 1분 동안 세상을 흔들 시 한 편이 나올지도 모르는 일이니까, 나는 기다림과 좀 더 친해질 생각이다.

# 만나면 좋은 친구,
# 좋지 아니한가

삶은 아름답고 세상은 살 만한 곳이다. 나는 생을 무조건 긍정하는 편은 아닌데, 좋은 사람들과 함께라면 낙관주의자가 된다. 삶은 사람의 준말이지 않은가. 좋은 사람은 단 한 번 만나도 순간을 영원으로 기억하게 한다.

지난 주말 저녁이 그랬다. 사람을 좋아하면서도 낯을 가리는 편이라서 오래된 친구 외에는 잘 만나지 않는 내가 무려 홍대 거리에까지 외출을 했다. 싱어송라이터이자 시인인 강백수 군이 서현진 아나운서와의 술자리에 나를 불렀기 때문이다. 그 자리엔 록밴드 크라잉넛의 한경록 형도 있었다.

편한 술자리지만 내겐 더없이 각별했다. 서현진 아나운서의 오랜 팬이기 때문이다. 10년 전 진행하던 아침 라디오를 매일 챙겨 들었다. 내 가장 푸르른 20대의 날들에는 언제나 아침을 깨워주던 서현진 아나운서가 있었다. 몇 년 전 라디오를 그만두었을 때 얼마나 서운했는지 모른다. 그녀의 목소리와 함께 내 20대도 떠나갔다.

아나운서, 록커, 싱어송라이터, 시인이 모인 술자리의 한 구성원이 아니라 팬으로서 앉아 있자니 덥지도 않은데 땀이 나고 술이 입으로 들어가는지 코로 들어가는지 모를 지경이었다. 말문이 막히고 안면마비가 오는 줄 알았다. 눈을 뗄 수가 없고 내 눈엔 서현진 아나운서만 보였다.

하지만 정말 그날 저녁을 오래 기억하게 하는 것은 좋은 사람들의 좋은 태도였다. 정신 차리고 시인의 위엄을 지키기로 한 뒤부터는 대화에도 적극 참여하고, 잘 모르는 싱글몰트 위스키도 '음미'라는 것을 해가며 홀짝홀짝 마셨다. 한경록 형의 말대로 어떤 위스키에서는 벚꽃 향기가 났다. 네 사람 사이 오가는 대화에서도 나는 꽃 냄새를 맡았다. 향기로운 말 외에 다른 안주는 필요 없었다.

한 사람은 미스코리아 출신의 MBC 간판 아나운서였다. 또 한 사람은 한국 펑크록의 시조인 메가히트 밴드 크라잉넛의 리더다. 자기 분야에서 정상에 오르고 부와 명예, 인기를 다 얻은 사람들이다. 콧대가 높을 만도 하고 권위적이며 오만할 수도 있다. 하지만 그 어떤 오만과 권위도 보지 못했다. 차별이나 편견은 더더욱 없었다.

어떤 이야기를 하더라도 눈과 귀와 마음을 기울여주는 그들 덕분에 시집 한 권 겨우 낸 무명시인과 가난한 싱어송라이터는 마음 편히 웃고 대책 없이 취할 수 있었다. 음악, 문학, 책, 영화, 연애, 가족, 반려동물, 공통된 것과 상반된 것에 대해 대화하며 밤이 깊었다. 기분 좋게 취해 상수동 밤거리를 걷는데 라일락이 달빛에 젖어 와인을 뚝뚝 흘리고 있었다.

서현진 아나운서와 한경록 형 모두 권위주의와 갑질, 기득권 폭력의 피해자들이다. 서현진 아나운서는 2009년 언론노조 총파업과 2012년 MBC 파업에 참여했다가 2014년 퇴사했다. 파업 이후 서현진, 김주하, 오상진 등 아나운서 11명이 회사를 떠났다. 한경록 형은 '인디음악'에 씌워진 대중의 편견과 외면, 오해와 끊임없이 싸워왔다. '인디'라는 말이 무색할 만큼 성공한 지금, 후배들에게는 더 나은 환경을 만들어주고자 신인 밴드들을 물심양면 돕고 있다. 둘 다 약자의 입장을 잘 아는 사람들인 것이다.

MBC는 아직도 비정상이고, 암 투병 중인 이용마 기자를 포함한 해직기자들은 복직되지 않았다. 서현진 아나운서의 아침 방송을 듣던 때는 지금보다 세상이 좀 더 좋은 곳이었을까. 그때보다 지금이 나은지 나쁜지 모르겠지만, 이것만은 분명하다. 3주 뒤 우리는 더 나은 세상을 위해 주권을 행사해야 한다. 5명의 대통령 후보들은 모두 일가를 이룬 사람들이다. 그중에서 오만하거나 권위적이지 않고, 약자의 처지를 공감할 줄 아는 사람에게 투표할 생각이다. 그러면 매일 아침, 다시 서현진 아나운서의 목소리를 듣게 될지도 모르니까. 좋지 아니한가.

그날 밤 나는 흥분해서 "노팅힐의 휴 그랜트가 된 것 같아!"라고 강백수 군에게 외쳤다. 다음 날 술 깨고 보니 노팅힐이 아니라 영화 〈심야의 FM〉에서 수애의 사생팬으로 등장하는 마동석에 훨씬 가까웠음을 알아차리고 종일 괴로워했다.

# 순돌아, 놀자!

'순돌이'가 죽는 꿈을 꿨다. 얼마나 울었던지 잠을 깨보니 베개가 축축했다. 14년째 같이 사는 슈나우저인데, 사실 내가 양육하는 것은 아니다. 엄마가 밥 주고 산책시키고 씻기고 병원 데리고 다니며 키운다. 보고 있으면 영화 〈워낭소리〉가 떠오른다.

꿈이 유난히 괴로웠던 것은 엄마의 슬픔까지 생생하게 만져졌기 때문이다. 스마트폰을 열어 엄마의 SNS를 보니 순돌이와 함께 웃으며 찍은 사진이 먼저 눈에 들어왔다. 눈물 탓에 엄마의 미소와 순돌이의 착하고 큰 눈망울이 자꾸 번져 보였다.

주먹만 할 때 우리 가족이 되어 나와 동생의 대학 졸업, 내 입대와 전역, 동생의 결혼과 출산, 할아버지 별세, 할머니가 쇠약해지는 과정, 엄마의 40대와 50대, 아버지의 귀농을 모두 지켜보았다. 여섯 식구 북적이며 살던 시절을 떠나보내고 이제 엄마와 단둘이 산다. 아들딸보다 더 오래 곁을 지키는, 엄마의 참된 '반려'다.

인간의 1년이 개에겐 7년쯤이라, 순돌이는 사람 나이 팔순의 노견이 되었다. 여전히 건강하고 활달하지만 조금씩 지치는 기색이다. 더 많은 시간을 함께 보내야 하는데, 생활이라는 핑계와 그리움이 똑같이 견고하다. 6년 전 교통사고로 반년 동안 군 병원에 입원해 있을 때 순돌이에게 쓴 편지를 꺼내 본다.

「널 생각하다 걸음을 돌린다. 너도 날 생각하고 있니? 7년 전, 비 개인 가을 밤하늘 아래서 처음 만나던 날, 보드라운 털에 감싸인 네 따뜻한 몸의 떨림이 손끝을 타고 심장까지 전이되었다면, 믿을 수 있겠니? 까맣게 빛나는 네 눈이 별빛을 담아 글썽거렸지. 내 마음엔 늦봄의 햇살이 너울지고 있었단다. 신기하지?

너보다 앞서 나와 마음을 나누던 네 형을 하늘로 배웅하고, 깊은 슬픔 끝에 너와 만났단다. 네 몸짓이 마음을 부비며 상처를 아물게 하는 동안, 눈물은 미소로 바뀌고, 나는 행복해졌어. 이별은 늘 새로운 만남과 맞닿아 있다는 사실에 감사했단다. 하지만 바꿔 생각하면, 만나는 순간 이별은 시작되고 있음을, 사랑만큼 눈물도 깊어진다는 것을 그때 눈치챘는지 몰라.

너는 지금 무얼 하고 있을까? 이토록 오래 헤어진 적은 없었는데…… 현관에 들어선 나를 반기느라 달려오다가 몇 번이고 미끄러지던 네 모습이 떠오르곤 해. 꿈에서도 너를 자주 본단다. 너와 나란히 걷던 남현동 골목들과 관악산 오솔길이 그리워지면, 해거름 내려앉은 운동장에 나가 말없이 서울 쪽을 바라보곤 해.

넌 언제나 내 가장 좋은 친구, 내 영혼이 쉴 따스한 품이었지. 이 삭막한 병원에는 내 마음 앉아 쉴 곳 없단다. 그래, 나는 몹시 외로워 하루가 저무는 텅 빈 운동장에 서서 순돌아 뭐해? 중얼거리곤 하지. 내 외로움을 엿들은 포플러 나무들이 수군거리는 소리, 너도 들리니? 힘없는 발걸음을 졸졸 따라오는 내 그림자 뒤에 혹시 네가 있진 않을까? 순돌아, 거기 있니?」

문재인 대통령이 청와대에 반려견 '마루'와 반려묘 '찡찡이'를 들였다. 약속한 대로 유기견 '토리'도 입양할 예정이다. 동물을 사랑하는 많은 국민들이 박수를 보내고 있다. 동물보호법이 강화되고, 동물권이 신장되기를 기대해본다. 마루와 찡찡이, 토리가 청와대에 입성한 것도, 순돌이가 14년을 가족으로 함께 사는 것도 모두 반려동물에 대한 책임의식 덕분이다. 생애 전체를 인간에게 바치는 반려동물을 위해, 삶의 작은 일부를 내어줄 줄 아는 사람은 경이와 신비, 감사로 가득한 세계를 살아갈 자격이 있다.

꿈은 반대니까, 가족이 죽는 꿈은 무병장수의 길몽이라니까 안심한다. 이번 주말은 꼭 순돌이와 보낼 것이다. 산에도 가고, 옥상에서 별도 맞고, 영양가 있고 맛있는 간식을 먹여줘야겠다. 나는 순돌이 것을 탐내지 않는데, 순돌이는 내 것을 자꾸 뺏어 먹으려 한다. 그냥 한입 내어주고 말겠다. 배 위에 올려두고 함께 낮잠 자면 꿈도 환한 빛으로 물들 것 같다.

# 미당 생각

박사학위 논문 주제를 미당 서정주에 관한 것으로 정하고는 시간 날 때마다 '봉산산방(蓬蒜山房)'에 가 한두 시간씩 앉았다가 온다. 햇살 속에, 바람 가운데 어떤 말씀이라도 들릴까 싶어 나무에서 감 떨어지길 기다리는 심정으로 그러고 있다.

서정주 시인이 1970년부터 2000년 세상을 떠날 때까지 살던 집이다. 서울 관악구 예술인마을, 내가 나온 초등학교 건너편에 있다. 어릴 적 등하굣길이나 구멍가게에서 시인을 한 번쯤 마주쳤을지도 모른다. 생전 미당은 담장 너머 아이들 합창 소리 듣는 걸 좋아했다 한다.

관악산에서 사당역 방면으로 내려오는 등산객들이 가끔 들여다보는 걸 제외하면 찾는 이가 드물다. 덕분에 내 별장처럼 대나무 그늘 아래 누워 낮잠도 잔다. 그러다 문득 허공에 대고 "왜 그랬어요?" 물어본다. 물론 대답이 없다. 댓잎을 흔드는 바람소리뿐, 시인이 세상을 떠난 지도 17년이나 됐다.

친일, 독재찬양, 교언영색…… 미당의 삶을 긍정하거나 동의하지 않는다. 그렇다고 해서 그를 비난하는 것도 아니다. 동정이든 증오든 나는 그에게 어떤 손가락질도 할 수가 없다. 나라고 해서 그처럼 하지 않으리라는 확신이 없기 때문이다. 감싸기엔 너무 엉망으로 살았고, 욕하기엔 시가 너무 빛나서, 나는 좋아하는 시인을 묻는 질문에 "삶과 시가 분리된 서정주"라고 대답해버리곤 한다.

친일의 대명사인 미당이 중앙고보 시절 항일 운동을 주도했다가 퇴학당한 사실은 덜 알려져 있다. 그 사건 이후 민족, 애국, 정의, 현실참여 따위에서 등을 돌려버렸다. 자기 평생이 영광보다 치욕으로 얼룩질 것을 그때 이미 알았는지 "별이거나 그늘이거나 병든 수캐마냥 헐덕어리며 나는 왔다"(「자화상」)고 썼다. "나는 아무것도 뉘우치지 않을란다" 하고선 정말 아무것도 뉘우치지 않았다.

스스로를 사람이 아닌 짐승으로 여긴 듯하다. 수캐도 그러하고, 「화사」의 "을마나 크다란 슬픔으로 태여났기에 저리도 징그라운 몸뚱아리"도 시인의 '자화상'이다. "즘생스런 우슴은 달드라 달드라"(「입마춤」) 같은 구절은 늑대인간류 괴수를 연상시켜 섬뜩하다. 오직 배부르고 따뜻하기 위한, 살아남기 위한 생존 본능이 처세와 아첨, 어용이라는 방식으로 삶을 한쪽에서 끌고 갔다. 다른 한쪽엔 시에 대한 허기, 써야만 사는 불치의 병이 있었을 텐데, 역시 동물적 본능에 가깝다.

죽는 날까지 잘못을 뉘우치지 않고, 오히려 '종천순일파(從天順日派)'라는 궤변으로 자신을 변호한 미당을 향해 사람들은 손가락질을 거두지 않는다. 공식적인 사과나 반성은 없었지만, 나는 그가 정말 아무것도 뉘우치지 않았다고는 생각하지 않는다. 티 안 나게 시인의 방식으로 반성한 것이 문제다.

말년에 살게 된 집 이름을 '봉산산방'이라고 지은 것에 주목해본다. '쑥 봉(蓬)'과 '마늘 산(蒜)'. 곰이 쑥과 마늘만 먹고 사람이 됐다는 단군신화에서 빌려온 것이다. "나는 짐승이니 쑥과 마늘만 먹듯 시를 쓰며 사람이 되겠다"는 다짐이 아니었을까. 어찌 보면 은유적 회개다. 하지만 거기 살면서도 독재정권에 어용했으니 성숙한 인간으로의 전환은 끝내 이루지 못한 것 같다.

엉망진창 문제적 인간, 그러나 가장 찬란하고 아득한 시인의 집 뜰에 앉아 생전 그처럼 초등학교 아이들 합창 소리 듣는다. 석조에 핀 수련이 잠시 흔들린다. "연꽃 만나러 가는 바람 아니라 만나고 가는 바람 같이"(「연꽃 만나고 가는 바람 같이」) 허탈하고 쓸쓸한, 그런데 아름다운 오후가 간다. 부인이 먼저 세상을 떠나자 두 달 동안 맥주로만 연명하다 뒤따라 간 한 인간의 지극히 인간됨, 너무나 인간적이라서 짐승에 가까웠던 한 생애를 생각한다. "내일 다시 올게요." 수련이 한 번 더 흔들린다.

# 인문학적 대화를 위한 제안

지난주, 〈경북매일신문〉 사회2부장인 홍성식 시인의 생일을 맞아 지인 몇이 서울 상수동에 모여 조촐한 파티를 가졌다. 모던한 분위기의 한정식집에는 시인을 아끼고 또 그로부터 귀애를 받는 이들이 모여 앉아 술잔과 함께 풍요로운 대화를 나눴다. 나는 그 자리가 매우 '인문학적'이었다고 생각한다.

시인, 저술가, 출판인, 방송국 피디, 사진작가, 의원 비서, 기자 등 여러 직군의 참석자들은 문학, 음악, 영화, 음식, 여행, 연애, 정치, 사주명리, 종교, 취미, 술 등을 주제로 대화했다. 지식 나열이나 과시가 아닌, 감각하고 체험한 것들을 구체적으로 표현하는 식이었다. 술과 대화가 무르익을 무렵, 홍성식 시인이 이용악의 「전라도 가시내」와 백석의 「여승」을 일인극처럼 멋지게 읊었다. 감동적이었다. 나는 전윤호 시인의 「늦은 인사」를 답시로 암송했다.

평범한 술자리를 굳이 인문학적 대화라고 칭한 것은, 인문학이 멀리 있거나 특별한 것이 아닌 까닭이다. 얼마 전 '인문학 강의'를 표방하는 한 티브이 프로그램이 논란을 일으켰다. 인기 학원 강사인 강연자가 자기 전공이 아닌 '조선 미술사' 강의를 펼쳤다. 대중들은 감탄했지만 이내 엉터리임이 탄로 났다. 멀쩡히 생존해 있는 화가의 작품을 장승업 그림이라고 소개하고, 서양 미술의 특징도 제멋대로 왜곡해 전달했다. 그를 '인문학 종결자'라고 홍보한 방송국도 망신당했다.

『지적 대화를 위한 넓고 얕은 지식』이라는 책이 오랜 시간 베스트셀러의 자리를 지키고 있는 현상도 가짜 인문학 강의 해프닝과 무관하지 않아 보인다. '아는 척'하고 싶은 욕심, 현학과 지식을 과시하는 지적 허영, '아는 것이 힘'이라는 근대적 가치관에의 맹종이 모여 이룬 결과다. 근대는 지식의 시대이므로, 사람들은 끊임없이 앎을 추구한다. 하나라도 더 알고 싶어 하고, 알아야만 말할 수 있다고 믿는다.

그러나 '안다'는 것은 이미 대상에 대한 판단이 완료되었음을 뜻한다. 새로움이 돋아날 수 없는 불모의 상태다. 그날 자리가 좋았던 것은, 많은 대화 가운데 어느 누구도 자기 지식의 울타리 안에 타인을 가두려 하지 않았다는 점이다. 타인의 취향을 존중하고 배려하며 끝까지 귀 기울여주었다. 한 주제를 두고 서로 다른 생각과 감정들이 자유롭게 오갔다. 그 대화에 참여하기 위한 입장료는 지식이 아닌 감성이었다.

인문학적 대화는 지식을 전제로 하지 않는다. 물론 지식이 있으면 조금 더 풍요롭다. 하지만 지적 능력보다는 감수성이 중요하다. 인텔리가 되려는 강박보다는 딜레탕트로서 즐거움을 추구하려는 태도가 먼저 요구된다. 지식만 쌓으면 독불장군이 되기 쉽다. 반면 풍부한 감성은 타인과의 교감을 가능케 한다. 인문학적 대화를 위한 몇 가지 제안을 해보겠다.

첫째, "아는 바를 말해봐" 대신 "느낀 것을 말해봐"라고 하자. 둘째, 욕설과 비속어는 사용하지 말자. 셋째, 정치와 사회이슈 등 대중적 관심사에 대해 대화할 땐 미디어 보도 내용을 따라 읊지 말고 자신의 시각으로 해석한 것을 이야기하자. 넷째, 한 사람이 발언권을 독차지하지 말자. 다섯째, 타인의 해석과 취향을 평가하지 말자. 여섯째, 같은 말이라도 은유적으로 표현해 듣는 사람이 풍요로운 상상을 할 수 있게 하자. 이를테면 맛 표현인데, 프랑스 사람들은 와인 맛을 '떫다', '묵직하다' 같이 획일적으로 묘사하지 않는다. "비에 젖은 개 냄새가 난다"거나 "센 강 위로 별빛이 반짝이는 맛"이라고 하는 식이다. 일곱째, 시 낭송이나 노래(고성방가 제외), 음악 연주, 영화 대사나 책 구절 소개를 더해보자.

이러한 것들은 결코 어렵지 않고, 티브이 강연을 통해 배워야 할 수 있는 것도 아니다. 인문학은 대학 강의실이나 티브이 강연 프로그램, 두꺼운 책 속에만 있지 않다. 지식보다 감성이 먼저 작동하는 일상의 자리에 있다. 자기중심이 아닌 타자지향의 태도 속에 있다. 인문학적 대화는 오늘 저녁 밥상 위에서, 술자리에서 이뤄지는 것이다.

# 영진이의 자전거

어릴 적 동네에 '영진아' 하고 부르던 한 살 위 형이 있었다. 왜소한 몸, 흐리멍덩한 눈, 덜떨어진 '반푼이' 영진이는 생김새는 외계에서 온 이티 같았고, 굼뜨고 어수룩한 몸짓이 마치 거북이처럼 보였다. 영진이는 잦은 괴롭힘을 당했고, 놀림감이 되곤 했다.

영진이는 늘 자전거를 타고 다녔다. 비가 오나 눈이 오나, 더우나 추우나 거북이 등껍질만 한 가방을 등에 멘 채 낡고 바람 빠진 자전거를 타고, 멸시와 조롱이 가득한 골목을 느릿느릿 빠져나갔다. 말도 표정도 없이 항상 풀 죽어 고개를 숙이고 다니던 영진이지만, 자전거를 타고 달릴 때만큼은 얼굴이 환했다. 웃는 걸 본 것 같기도 하다.

내가 초등학교 6학년 때, 몸에 맞지 않는 큰 교복을 입고 우스꽝스러운 모습으로 자전거를 타던 영진이를 마지막으로 보았다. 20년 넘는 세월이 지났고, 영진이를 놀리던 꼬마들은 이제 동네에 살지 않는다. 매일 함께 뛰어놀던 그 아이들 얼굴조차 희미한 내 기억은, 존재감 없던 영진이를 간직할 리 없었다. 기억에서 완전히 유실되어, 정말 까맣게 잊고 살았다.

얼마 전 방배동 한 빌딩 앞에 놓인, 내가 좋아하는 조각 작품을 보고 오는 길이었다. 그 길은 내 오래된 거리산책 코스다. 빌딩 앞을 지나는데, 저쪽에서 자전거를 탄 꼬마가 안장 위에서 신문을 펼쳐 읽느라 두 손은 핸들에서 떼고 고개는 신문에 파묻은 채 보도블록을 달려오는 것이었다. 곡예나 다름없는 운전이었다. "이놈아, 그러다 다치면 어쩌려고 그래." 꾸짖으러 다가서려는 순간, 신문에 가려진 얼굴이 나타났다.

영진이다. 틀림없는 영진이다. 몸은 왜소했으며 생김새는 이티 같고 몸짓은 거북이처럼 느렸다. 영진이는 여전히 등에 등껍질 같은 배낭을 멘 채 낡은 자전거를 달리고 있었다. 세상 노을을 다 뒤집어썼는지 벌써 다 늙어 있었다. 머리가 하얗게 세어 있었다. 그 자리에 발이 붙어버린 내게론 한번 눈길조차 주지 않고, 그 옛날 멸시와 조롱의 골목을 빠져나가듯, 도시의 소음을 스스로 음소거한 채 자동차와 상점과 사람들의 무표정을 지나쳐 갔다.

나는 한 발자국도 움직일 수 없었다. 잃어버렸던 기억의 파편이 20년 너머에서부터 날아와 가슴에 직격으로 박혀 들어, 숨도 못 쉬고 먹먹했다. 눈물샘에서 누군가 페달을 돌려 자꾸 뜨거운 것을 밀어내는지 두 뺨을 타고 주르륵 눈물이 흘렀다. 살아 있었구나, 저 자전거를 집 삼아 이불 삼아 20년을 달려왔구나, 저 자전거 위에서 만나고 헤어졌구나, 울고 웃었구나, 앙상한 다리로 페달을 돌리며 세상의 험한 비탈을 달려왔구나.

눈물을 닦느라 정신없는 나를 골목의 전봇대처럼 세워둔 채 영진이는 지나가 버렸다. 나를 알아봤을까? 몹시 미안하고 또 무안했다. '영진아, 이리와 봐.' 그 싸가지 없던 어린 날의 내 목소리가 귓가에 두근거렸다.

'형!' 나는 목구멍에 가시처럼 걸린 그 한마디를 끝내 외치지 못했다. 다시 20년 너머로 가려는 듯, 녹슨 노을 속으로 스미어 사라지는 영진이의 자전거를 바라보며, 형, 영진이 형…… 한참을 중얼거리고 서 있었다.

거리를 활보하는 자전거들을 보니 너무 낡은 영진이의 자전거가 차라리 꿈처럼 느껴졌다. 20년 전, 또래들 중 누구 한 사람이라도 '영진이 형!' 따뜻하게 불러줬다면 자전거 안장은 녹슬지 않았을 테고, 신문지로 가려야 할 아픈 세상 같은 건 처음부터 없었을지도 모른다.

손에 닿을 듯하지만 결코 잡을 수 없는 시절이 있다. 괴로운 낮잠 중에 영진이의 자전거가 유년의 골목을 달리는 꿈을 꾼다. 그런데 거기 나는 보이지 않고 영진이만 보인다. 빛이 너무 환해 표정을 알아볼 수 없는, 잠꼬대처럼 내가 소리친다. "형, 영진이 형! 이리 와서 술 한잔해요." 그는 들었는지 아니면 내키지 않는지, 고개를 돌려버린다.

# 할 수 있다

2016 리우 올림픽 최고의 장면은 남자 펜싱 에페 결승에서 박상영이 보여준 기적의 역전 드라마다. 14대 10, 한 점만 더 내주면 지는 절벽 끝에 서서 날아오는 칼날을 모두 피했다. 피하고 찌르고, 막고 찔렀다. 에페라는 종목은 머리부터 발끝까지 온몸이 공격 범위인 데다 서로 동시에 찌르면 한 점씩 주어진다. 이 에페에서 한 점도 내주지 않고 자기 점수만 다섯 번 연속 득점한다는 것은 산술적으로 불가능하다. 그런데 그 불가능을 가능으로 바꾸었다.

13대 9로 뒤진 채 마지막 라운드를 앞둔 휴식 시간, 박상영이 의자에 앉아 무언가 중얼거리는 장면이 카메라에 잡혔다. 그는 확신과 열정에 가득 찬 눈으로 허공을 바라보며, 아니 우리가 알 수 없는 땀과 눈물의 과거, 또는 그로부터 이미 완성된 미래를 응시하며 '할 수 있다. 할 수 있다.'라고 되뇌었다. 그리고 해냈다. 나는 그 장면을 백 번도 더 본 것 같다. 처음 그걸 봤을 땐 가슴이 뛰고 눈물이 흐르는 걸 주체 못 해 미칠 뻔했다. 지금도 '할 수 있다' 중얼거리기만 해도 온몸이 떨리고 눈이 벌게진다.

박상영의 '할 수 있다'에 젊은 사람들이 많은 용기와 힘을 었었다. 희망 없고 암울한, 도무지 빛이 보이지 않는 현실 속에서 나도 '할 수 있다'며 기적 같은 역전을 꿈꾸게 해준 것이다. 박상영은 우리 나이로 올해 스물두 살이다. '할 수 있다'에 청년들이 유독 공감한 것은 그가 같은 시대를 살아가는 또래이자 어린이재단의 지원을 받아 펜싱을 한 '흙수저'이기 때문이다. 지옥 같은 무릎 부상을 극복하고 올림픽 대표로 선발되었지만 그를 메달 후보로 주목한 사람은 아무도 없었다. 그런 무명의 그가 세계적 강자인 게자 임레와 싸워 이겼다.

청년들은 여러모로 처지가 비슷한 박상영에게 자신을 투영하고 있다. 현실의 고난들이 게자 임레의 칼날처럼 사방에서 날아 들어오지만 끝내 이길 수 있다는 희망, '할 수 있다'는 의지를 꺾지 않겠다고 다짐한다. '할 수 있다'는 하나의 정신이자 신드롬이 되는 중이다. 우리도 그의 과거처럼 눈물과 좌절로 얼룩졌으니까, 그의 오늘처럼 절벽 끝에서 이 악물고 아등바등 버티는 중이니까, 그의 내일처럼 기적 같은 역전의 드라마를 이루어낼 테니까, 할 수 있다.

기성세대들이 한강의 기적이니 새마을운동 운운하며 '해봤어?'라든가 '안 되면 되게 하라'를 말하는 건 전혀 와닿지 않는다. 자신들이 걸어온 길, 성공한 방식을 따르라고 강요할 뿐이지 그때와 지금 세상이 다르다는 걸 조금도 인정하지 않기 때문이다. 달라진 세상의 양면 중 경제 발전이라는 밝은 면만 자부하지 기득권 갑질, 철밥통, 빈부격차, 부정부패,

수저계급론, 천민자본주의 같은 어두운 면은 외면한다.

그들은 자신들이 이뤄낸 이 달라진 세상에서, 자신들이 성공한 방식으로 청년들이 절대 성공할 수 없다는 걸 알지 못한다. 개천에서 용 나던 시대에 성공해서는 개천을 아예 폐쇄해버린 자들이다. 저 앞에 뒷짐 지고 선 채 제 자식에겐 '해봤어?' 대신 '아무것도 하지 마', '안 되면 되게 해줄게'라고 하면서 남의 자식들에겐 '아프니까 청춘'이라고, "사회 초년생들은 빚이 있어야 파이팅을 한다"고 망발한다. 그런 자들의 천 마디 '명언'보다 박상영의 한 마디 혼잣말이 훨씬 더 용기를 준다. '우리 땐 말이야'라고 하며 멀리서 손짓으로 지시만 내리는 어른보다 지금 이 순간 우리와 함께 쓰러지고 눈물 흘리며, 그럼에도 일어나서 다시 싸우는 또래의 사투가 마음을 움직인다.

십여 년 전, 공업고등학교 지하 납땜 실습실에서, 노트에 '전문대 입학, 4년제 편입, 대학원, 박사과정 진학, 작가 등단, 학생들 가르치기' 같은 단어들을 써놓고 그걸 바라보며 '할 수 있다' 중얼거리다 눈물 흘린 소년이 있다. 노트에 적은 것들을 이뤘지만 여전히 캄캄하다. 대출금 이자와 반지하 월세, 생활비에 시달리면서 노트에 몇 개의 단어를 새로 적어 넣는다. 그리고 다시 혼잣말한다. '할 수 있다, 할 수 있다.'

# 광부 화가 황재형

지난 주말 강원도 양구에 다녀왔다. 공병 장교 생활을 그곳에서 했다. 장맛비와 폭설 사이 민들레 피고 단풍 지는 일 세 번 겪으니 민간인이 됐다. 교통사고로 죽을 뻔했고, 혹한기 훈련 도중 할아버지 임종 소식을 들었다. 거기서 만난 사람들의 눈빛, 전방 밤하늘을 수놓던 은하수, 고통스러운 기억들이 이제는 같은 문양으로 어우러져 가을빛처럼 잔잔하다.

양구가 특별한 이유는 또 있다. 한국인이 사랑하는 화가 박수근의 고향이다. 군 복무 스트레스가 심하거나 가족들이 몹시 보고 싶을 때 눈 쌓인 길을 걸어 박수근미술관에 가곤 했다. 꽁꽁 언 손발을 녹이며 미술관에 들어서면, 그림은 잘 모르지만 마음이 편했다. 가족과 이웃, 평범한 사람들의 모습을 따뜻하게 그려낸 그림 앞에서 괜히 눈물 나곤 했다.

토요일, 미술관엔 서늘한 하늘이 내려앉아 있었다. 햇살은 뜨겁지만 바람에선 젖은 낙엽 냄새가 났다. 재촉하지 않아도 가을은 계절의 문 뒤에 벌써 와 서성이고, 내 가슴속에도 누구 것인지 작은 발소리가 들리는 듯했다. 가난과 병, 온갖 불행 속에서도 따뜻한 '인간의 마음'을 놓지 않았던 박수근의 그림들을 보며, 한 예술가의 위대한 영혼 앞에 숙연해졌다. 그는 "천당이 가까운 줄 알았는데 멀어, 멀어…"라는 말을 남기고 세상을 떠났는데, 지금쯤이면 도착했을 것이다.

부끄러운 얘기지만, 몇몇 화가 이름 주워들어 아는 주제에 미술을 좋아한다고 떠들곤 했다. 지적 허영이 문제다. 누구나 알 만한 유명 화가 아니면 외국 거장들의 그림이나 돼야 볼 만한 것이라고 생각했다. 문화 사대주의도 참 고쳐지지 않는 병이다. 박수근미술관에 오면 1전시관의 박수근 작품만 눈여겨보고는 2전시관 국내 현대화가 그림들은 아예 안 보거나 보는 둥 마는 둥했다. 이날도 학예사가 '제1회 박수근미술상' 수상 작가인 황재형 화가 기획전까지 관람할 것을 권했으나 마음이 이미 저녁 술상 앞에 가 있어서 내키지 않았다.

그런데 황재형 화가의 작품과 마주 서자 내 뻣뻣한 태도와 애써 힘준 어깨의 긴장이 다 무너져 내렸다. 〈검은 울음〉, 〈탄천의 노을〉, 〈귀가〉, 〈사망진단서〉, 〈아랫목〉, 〈이른 장마〉, 〈광부초상〉, 〈어머니〉 같은 그림들을 볼수록 내 마음 속수무책이었다. 가슴 저리고 눈물 나는 걸 어쩌지 못해 숨골로 묵직하고 뜨거운 것이 자꾸 오르내렸다. 그가 그려낸 탄광 막장 속 광부들의 삶에는 꾸며지지 않은 날 것의 숭고함과 감동이 있었다. 광부 화가 황재형의 삶을 들여다보면 더 먹먹해진다.

황재형은 전남 보성 사람이다. 1952년 태어나 중앙대에서 회화를 전공했다. 20대에 이미 명성을 얻어 성공의 길을 걸을 수 있었음에도 돌연 태백 탄광촌으로 들어가 세상과 단절하며 살았다. 광부의 아이들을 가르치고, 캄캄한 갱도에 들어가 석탄을 캤다. 그러면서 광부들의 삶과 탄광촌이 쇠락하는 모습, 태백의 자연을 캔버스에 그렸다. 30여 년을 광부 화가로 살았다.

"70년대 후반부터 소재를 얻기 위해 탄광촌에 드나들었는데 어느 날 문득 더 이상 관찰자로서만 그곳을 기웃대서는 안 된다는 생각이 들었지요. 그 길로 짐을 싸 황지로 가는 열차를 탔습니다. 제대로 광부를 그리기 위해선 내 스스로 광부가 돼야 한다고 생각했습니다. 한백, 정동, 구절 탄광 등을 전전하며 광부 생활을 시작했지요."

그는 "막장에선 삶의 마지막 희망이 별처럼 빛난다"면서 흑탄더미 속으로 팔을 집어넣어 별처럼 빛나는 것들을 만지고 끌어안고 울어 삼켰다. "예술가는 죽는 날까지 자신의 작품을 온몸으로 사는 것"이라는 신념대로 자기 삶을 탄광 속에 불꽃으로 던져놓고 그 광휘가 밝히는 사람과 자연의 얼굴을 그렸다. 시커멓게 흐르는 탄천 위로 금빛 노을 내려앉은 그림 속 풍경을 오래 잊지 못할 것이다. 아아 내 시는, 내 문장은 지금 어느 안락한 자리에 멀뚱거리고 서 있나.

# 바깥과 너머를 사랑하는 사람

최근 몇 가지 이슈들로 문단이 시끄러웠다. 일단락된 것도 있고 현재진행형인 것도 있다. 각각의 사안에 대한 문제제기와 첨예한 논쟁은 매우 의미 있고 생산적인 것이라고 생각한다. 그런데 좀 피곤하다. 문학 행사장이나 경조사 자리, 술자리에 모인 문인들이 다 똑같은 이야기만 해서다. 모두 입을 모아 문학판의 가십들을 열 올려 떠들었다. 사건의 당사자가 허락한 적 없는 대변과 전언, 풍문에 대한 추측과 확대 해석, 왜곡과 곡해, 특정인의 됨됨이와 과거 행적에 대한 고발성 증언들이 오가는 사이 가만히 자리를 떴다. 시시하다는 생각이 들어서다.

자기가 속한 판의 동정에 촉을 세우고 관심을 갖는 것은 당연한 일이다. 그건 본능이다. 원시인들도 누가 더 큰 매머드를 사냥했는지, 어떤 소년이 족장의 딸과 혼인하게 될지 따위를 두고 종일 수다했으리라. 말의 홍수, 정보와 소문의 범람 속에 사는 현대인들은 오죽할까. 직장인들은 회사 돌아가는 상황이나 인사 결과 같은 주제를 두고 하루 종일 심각하게 대화한다. 군인들에겐 며칠 앞으로 다가온 유격훈련이나 정기휴가가 핫이슈다. 온통 그 이야기뿐이다. 자신이 속한 사회와 공동체가 곧 자기 정체성을 이룬 사람들이다. 성실하고 정직한 이들이다. 직장인이 직장 이야기하고, 군인이 군대 이야기하지 무슨 다른 대화를 하겠는가.

문인들의 술자리가 시시해서 일찍 일어난 것은 내가 불성실한 시인이기 때문이다. 다른 작가들처럼 문학에 내 전부를 걸지 않은 까닭이다. 내 관심사는 항상 다른 곳을 향해 있다. 누군가의 문학상 수상, 등단, 시집 발간, 표절 논쟁, 모 작가의 사생활 이야기 같은 건 너무 따분하고 재미없다. 글 쓰는 사람들이 모여 글 이외의 것들을 이야기할 때, 문학 바깥, 문단 너머의 것을 이야기할 때 그제야 술맛이 난다. 음악, 여행, 스포츠, 영화, 연애, 애완동물, 건축, 쇼핑, 요리 같은 것들이 주제가 되면 침묵을 깨고 대화에 참여한다. 아는 게 별로 없어 가만히 듣고 있다가 한두 마디 질문만 해도 그렇게 즐거울 수가 없다.

어차피 문학이라는 공통분모로 모인 사람들이다. 문학과 관련된 이야기를 나누는 건 자연스러운 일이지만, 지나치면 재미없다. 문학이라는 동일성 속에 다채롭게 빛나는 개인의 취향과 생활이 나는 훨씬 궁금하다. 같은 교회 다니는 사람들과 카페에 모여 앉아 몇 시간 내내 신앙 간증만 나눈다면 그건 예배의 연장이다. 나는 문인들이 문단 이야기를 하는 게 꼭 회식 자리에서 업무 이야기하는 것과 마찬가지로 여겨진다. 모든 소식과 풍문을 귀신같이 꿰뚫고 있는 사람은 무섭게 느껴지기까지 한다.

나는 취미로 낚시와 야구를 즐긴다. 내가 좋아하고 가깝게 어울리는 낚시인들은 대개 낚시 바깥과 너머의 여유를 누릴 줄 아는 사람들이다. 만나면 물론 낚시 이야기로 대화가 시작되지만, 이내 다른 주제로 옮겨간다. 낚시 이야기를 하더라도 장비나 기술, 포인트에 대한 밀도 있는 대화보다 강물 냄새, 새 소리, 바람의 촉감, 별빛, 낚시터에서 마시는 소주 한잔의 아름다움을 논하는 그 헐거운 수다를 나는 사랑한다. 야구도 마찬가지다. 야구팀 단체 채팅창에서는 야구 이야기보다 쓸데없는 헛소리들과 온갖 개그, 여행 후기와 음식 리뷰 같은 게 대화의 주를 이룬다. 그러다 경기장에서 만나면 오직 야구에 집중, 최선을 다해 플레이한다. 나는 그게 멋지다고 생각한다.

정치 이야기만 하는 사람, 먹고사는 이야기만 하는 사람, 남 험담과 뒷담화만 하는 사람, 군대에서 축구한 이야기만 하는 사람, 하나님 부처님 이야기만 하는 사람, 음담패설만 하는 사람치고 주변을 유쾌하게 하는 이는 본 적 없다. 말은 곧 그 사람의 생각인데, 세계관이 한 군데에 고착돼 있다는 증거다. 나는 인식과 사유가 고여 있지 않고 끊임없이 흘러가는 사람과 대화하고 싶다. 보다 넓고 다양한 세계를 향해 마음이 열려 있는 사람과 술 마시고 싶다. 자기가 속한 울타리 안도 사랑하지만, 바깥과 너머를 또 사랑할 줄 아는 사람과 여행하고 싶다.

# 할머니의 추석 선물

할머니는 앞을 전혀 못 보는 시각 장애인이시다. 보청기 없이는 아예 못 듣고, 있어도 청력이 극히 제한된 청각 장애인이기도 하다. 나 아닌 다른 곳을 보며 내 이름을 부를 때도 그렇지만, 세 해 전 태어난 외증손자의 얼굴을 볼 수 없으시다는 것이 가장 안타깝다. 얼마나 보고 싶을까. 주름진 손으로 아기의 얼굴을 쓰다듬으며 이목구비와 살집, 성정을 짐작하는 목소리에 스민 체념과 원한이 참 아프다.

나는 할머니가 단 한 번만이나마 외증손자를, 나이든 손자의 얼굴을, 세상의 꽃과 구름을, 전국노래자랑 송해 선생의 건재한 모습을 볼 수 있기를 늘 기도한다. 내가 가진 것 중 뭐라도 바꿀 만한 게 있다면 할머니에게 빛을 선물하고 싶다. 그러나 내가 드릴 수 있는 것은 고작 어쩌다 한 번 집에 들를 때 사 가는 족발이나 롤케이크 정도다. 십여 년 전만 해도 추석날 장충체육관에 모시고 가 마당놀이 구경도 시켜드렸는데, 이젠 그럴 수 없다. 그래서 보는 것 대신 듣는 걸 챙겨드린다. 얼마 전 카세트라디오를 새 걸로 바꿔드렸다. 고속도로 휴게소 들를 때면 판소리나 엿장수 메들리 테이프를 몇 개씩 집어 든다.

할머니가 가장 소중하게 여기는 것은 사과 모양으로 생긴 탁상 알람시계다. 내가 6년 전에 사드린 것인데, 꼭지 부분을 누르면 "아홉 시" 하고 현재 시간을 음성으로 알려준다. 암흑 속에서 시계의 힘을 빌려, 할머니가 스스로 알 수 있는 세상의 유일한 정보는 오직 시간뿐이다. 시계가 없으면 굉장히 불안해하신다. 명절마다 아버지가 귀농해 있는 당진 집으로 모시고 갈 때도 차에 탄 몇 시간 내내 사과시계를 두 손으로 꼭 감싸 쥐고 계신다. 시계를 품에 안고 꾸벅꾸벅 졸다가 무서운 꿈을 꿨는지 화들짝 깨어 사과꼭지를 누르는 모습을 룸미러로 볼 때면 마음이 젖는다.

얼마 전 그 시계가 고장 났다. 할머니의 답답함을 잘 알기에 새로 구입하려는데, 같은 제품은 모두 품절이거나 영어 음성 안내밖에 되지 않는다고 한다. 더 비싸고 좋아 보이는 제품을 살펴봤더니 정각마다 천장에 빔을 쏴 시간을 알리고, "이십 시 이십 분. 삼십 도" 이렇게 현재 시간과 온도까지를 음성 안내해준단다. 빔 기능은 물론이고, 24시간 기준 안내나 온도 알림 기능은 할머니에게 정말 필요 없다. 청력마저 나쁜 할머니에게는 그저 "여덟 시" 단순하게 시간만 알려주면 그만이다. 6년간 쓰던 사과시계도 온도까지 같이 안내해줘 할머니가 늘 어려워했다. 그나마 그게 제일 나았는데, 다시 구하기가 쉽지 않다.

이번 추석에 할머니는 결국 시계 없이 먼 길을 다녀오셨다. 장애인 연금 받은 걸 봉투에 넣어 내게 내미셨다. 아무리 짙은 암흑이라도 할머니의 사랑은 늘 환한 봄볕이다. 나를 업어 키운 할머니 등이 참 많이 작아졌는데, 여전히 내가 업힌다. 할머니에게 너무나 큰 것인 장애인 연금이 내겐 적은 용돈일 뿐이고, 내게 아무것도 아닌 사과시계가 할머니에겐 가장 소중한 물건이라는 사실이 슬프다. 나는 아직도 시계를 구하지 못했다. 할머니 등에서 말 배우던 어린 나처럼, 큰 소리로 또박또박 "두 시!" 외치는 시계가 부디 있었으면 좋겠다.

제품 만드는 분들이 음성 안내 시계가 누구에게 절실한 물건인지 헤아려주셨으면 좋겠다. 시각장애인이나 고령자들이 주로 사용할 텐데, 더 쉽게 만들어주길 부탁드린다. 영어 음성과 온도 안내처럼 은행, 관공서 서류도 불필요하게 복잡하다. 나도 헷갈리는 용어가 많은데 장애인이나 고령자들은 오죽할까. 정치, 경제, 법률, 언론에도 쓸데없이 현학적이고 난해한 수사가 많다. 정보가 과잉돼 정작 중요한 게 안 보인다. 일부러 말을 어렵게 꼬아 국민을 혼란에 빠뜨린다는 의심도 든다. 국민안전처와 기상청, 국방부와 외교부도 협의가 짙다. 온갖 브리핑, 보도자료, 의전 등 자기들만 근사한 디지털시계가 되려는 것 같다. 디지털이 무슨 소용인가. 기상청 슈퍼컴퓨터 맨날 틀린다. 그냥 사과시계만큼만 하자. 때에 맞춰 사실대로 알기 쉽게 말하는 것, 국민에겐 큰 선물이다.

# 책 읽기와 연애

책 읽기는 연애와 같다. 400쪽 책 한 권을 남녀의 만남에 빗대어 보면 책 읽기와 연애의 상관관계에 고개를 끄덕이게 된다. 처음 만난 남녀가 우선 서로의 외모에 주목하듯 처음 30쪽을 읽는 독자는 작가의 문체나 이야기의 도입부가 입맛에 맞는지를 재어본다. 외모가 마음에 들지 않아 금방 책을 덮어버리는 깐깐한 독자들도 있다.

100쪽까지의 읽기는 서로의 마음을 엿보려 다가가는 과정이다. 첫인상에 이끌린 남녀는 지속적으로 만나며 상대의 마음을 들춰 본다. 모든 것이 흥미진진하다. 조금씩 나타나는 작가의 생각, 사건의 전초와 인물 간의 갈등이 책장을 넘기는 손가락을 성급하게 한다. 본격적인 교제에 앞선 전 단계로 남녀의 만남에서 싱그러운 에너지가 가장 충만한 시기다.

잊히지 않는 100쪽 중 하나가 옥타비오 파스 『활과 리라』의 1부 「시편」이다. 그걸 읽을 때 내 방이 남태평양 산호초 군락처럼 느껴지고, 창밖의 빗소리조차 영롱한 벨플레이트 연주로 들렸다. 사랑에 빠지는 사이 우리는 이러한 착시와 환청을 경험한다.

300쪽까지의 읽기는 열애의 날들이다. 서로의 마음을 확인한 남녀는 거칠 것이 없다. 정신적, 육체적 교감이 완성된다. 항상 붙어 다니고, 자꾸 보고 싶다. 책을 손에서 놓질 않고, 옆구리에 끼고 다닌다. 밥 먹으면서 읽고, 화장실 가서도 읽는다. 이때쯤 작가의 저술 의도가 명확히 나타나고, 갈등 구조와 사건의 본말이 수면 위로 떠올라 흥미의 절정을 이룬다.

마지막 400쪽까지의 읽기는 이별 연습이다. 만남은 흥미를 잃고, 대화는 차분해진다. 설렘이 사라진 대신 신중함이 생긴다. 미래에 대해 고민하고, 함께 걸어갈 방향을 모색한다. 결말로 향하는 책장은 쉽게 넘겨지지 않는다. 얇아지는 남은 책장의 두께가 안타까워 읽었던 부분을 다시 읽는다. 작가의 사상이 날개를 접으며, 갈등이 해소되고 사건이 종료된다. 주인공이 죽는 일은 다반사고, 시공의 배경이 허무하게 사라지기도 한다. 마르케스 『백년 동안의 고독』처럼 말이다.

책을 덮는 순간, 독자는 연인과의 헤어짐처럼 책과 이별한다. 그러나 여운이 남아 헤어진 남녀가 새로운 만남을 시작하듯 다른 책들을 읽기도 하고, 헤어지고도 이내 못 잊어 덮었던 책을 다시금 펼치기도 한다. 그러다가 어느 책과는 떼려야 뗄 수 없는 관계가 돼서 '결혼'을 해버리기도 한다. 책읽기에는 남녀 관계와는 달리 사회 통념의 도덕이 존재하지 않는다. 『장미의 이름』을 본처 삼고, 『슬픈 열대』, 『건축 예찬』, 『부서진 사월』, 『김수영 전집』을 후처 삼을 수 있는 일부다처, 일처다부의 세계다. 폴 오스터와 연애하면서 후지와라 신야와 바람을 피울 수 있고, 사르트르와 카뮈를 동시에 사귀며 '문어발'을 걸칠 수도 있다. 모든 책에는 고유의 빛깔과 향기가 있으며 그것은 여러 이성의 다양한 매력과도 같다.

『모래의 여자』를 읽을 때 나는 비밀스러운 모래 여인과 연애를 했고, 이스마일 카다레의 책을 읽을 때엔 회색빛 우울을 지닌 여인과 사랑을 나눴다. 정민 교수의 책을 읽으면 전통 있는 가문의 규수를 만나고, 칼 세이건을 읽으면 쾌활한 천문학도 여대생을 만난다. 마티스나 샤갈에 관한 책을 읽고 있으면 큐레이터와 마주 앉아 지치지 않는 대화를 나눈다. 이처럼 책 읽기는 새로운 세상으로의 여행이며 다양한 가치들의 경험이다.

두 인격체의 만남이 서로의 가치관에 변화를 일으켜 내면을 성숙시키듯 책 읽기 역시 작가의 생각과 다양한 삶의 기록들이 독자의 정신을 확장시킨다. 이성과의 연애 경험이 책 읽기에 미치는 영향은 없지만 책 읽기가 이성교제에 미치는 영향은 크다. 책과의 연애 경험이 많을수록 이성과의 교제는 더 현명하고 풍요로워진다.

책과의 연애는 황홀한 로맨스다. 나는 오늘도 내 애인과 내연녀가 기다리고 있는 나의 궁전, 갖가지 매력의 연인들이 내 이름을 부르는, 책으로 지은 세상으로 향한다. 여러 연인과 동시에 팔짱을 끼고 브루클린의 밤거리를 지나 이베리아, 차마고도로 이어지는 데이트 코스를 사뿐사뿐 걷는다.

# 타자라는 지옥, 나라는 지옥

"타자는 지옥이다." 사르트르의 유명한 말이다. 혼자서 알몸으로 있다가 누가 지켜보면 부끄러워 옷을 입는다. 혼자 노래 부르며 춤추다가도 뜨거운 시선이 느껴지면 중단한다. 길에서 넘어졌을 때 아무도 없으면 엉덩이를 붙잡고 실컷 아파하지만 보는 사람이 있으면 '쪽팔려서' 얼른 일어난다. 내 행위의 자유를 앗아가므로, 타인의 시선은 감옥이고 지옥이다.

타자의 시선들로 이뤄진 '감시'의 사회를 미셸 푸코는 '파놉티콘'(원형감옥)이라고 했다. 어디에나 보는 눈들이 있다. 시선을 수단으로 과시와 감시, 증명과 확인, 관음과 노출이 이뤄진다. 굳이 시선이라는 작용이 아니더라도 타자는 그 존재 자체로 지옥이다. 나에게 고통을 줄 때 특히 그렇다. 타인의 체온, 냄새, 분비물, 소음, 신체접촉으로 가득한 출퇴근길 지하철을 우리는 지옥철이라고 부른다.

폭언과 욕설을 들으면서, 종근당 운전기사들은 이장한 회장이 지옥의 사자 같았을 것이다. 매일의 노동을 보람으로 여기던 급식조리사들에게 이언주 의원의 막말은 지옥의 언어가 되었다. 음주운전 차량에 사고를 당해 장애를 안고 사는 사람, 헤어진 연인에게 염산 테러를 당해 얼굴이 녹아내린 채 평범한 삶을 박탈당한 사람에게 타인은 지옥일 수밖에 없다.

일상의 사소한 순간들도 내 상황과 환경에 따라 천국과 지옥을 오간다. 마음이 여유로워 차 한 잔 마시며 책을 읽을 때 창밖에서 들려오는 이웃 여자아이의 리코더 소리, 옆집 마늘 빻는 소리는 더없이 정겹고 편안하지만, 온 신경을 집중해 예민한 글쓰기를 하고 있을 때는 밤새 귓가에 앵앵거리는 모기보다 성가시다. 아침잠을 방해하는 공사 소음도 지옥의 소리, 어떤 이는 잠깐의 작은 지옥을 참지 못하고 뛰쳐나가 타자에게 영원한 지옥을 안겨주기도 한다. 고층 아파트 작업자의 생명줄을 끊은 잔혹한 살인범처럼 말이다.

이웃의 소음에 끓어오르는 화를 몇 번이고 삭이면서, 누구에게도 방해받지 않는 외딴 섬에 가 글 쓰고 싶다는 생각을 한다. 장 그르니에 말처럼 모든 사람들을 "있어도 있지 않은 부재"로 여기면서, 서로 어떤 간섭도 구속도 고통도 주고받지 않는 세상에 살고 싶을 때가 종종 있다.

그런데 정작, 지옥은 나다. 나라는 지옥에서부터 타자들을 격리시키고 싶다. 나는 누군가에게 지옥 같은 고통을 주었다. 그리고 그로 인해 내 안에도 지옥이 열려 나는 '나'라는 타자로부터 영원히 고통받을 것이다. "내 속엔 내가 너무도 많아 당신의 쉴 곳 없네. 내 속엔 내가 어쩔 수 없는 어둠 당신의 쉴 자리를 뺏고"(시인과 촌장, 〈가시나무〉)라는 노랫말처럼, 나는 나이면서 동시에 여러 욕망들과 무의식들을 거느린, 내가 어쩔 수 없는 '타자'이기도 하다.

"햇볕에 따끈하게 데워진/ 쓰레기봉투를 열자마자/ 나는 움찔 물러섰다// 낱낱이 몸을 트는 꽃잎들/ 부패한 생선 대가리에 핀/ 한 숭어리의 흰 국화// 그들은 녹갈색과 황갈색의 진득거림을/ 말끔히 빨아먹고/ 흰 천국을 피워냈다/ 싸아한 정화의 냄새를 풍기며// 나는 미친 듯이 에프킬라를 뿌려대고/ 한 천국을 지옥으로 만들고/ 지옥을 봉했다/ 그들을 그들이 태어난/ 진득거림으로 돌려보냈다"

황인숙의 시 「움찔, 아찔」이다. 얼마 전 나는 '쓰레기봉투' 같이 비열한 욕망 속에서 "흰 천국을 피워냈"다. 내 '부패한' 천국이 그에게는 지옥이어서, 그는 "에프킬라를 뿌려대"듯 나를 경멸하며 "한 천국을 지옥으로 만들고 지옥을 봉했"다. 오랜 시간 기쁘고 행복해 마치 낙원 같았던 세계가 내 진득거리는 죄악으로 지옥이 됐다. 관계를 망치는 건 천국의 나날 저 밑에서 조금씩 움트는 캄캄한 욕망들이다. 내가 만든 지옥에서 그도 나도 고통받겠지만, 부디 나 혼자 오래 괴롭기를, 내가 후회와 반성, 부끄러움으로 살아갈 수 있기를, 나라는 지옥에서 그가 영영 벗어나기를 바란다.

# 밥 딜런과 찔레꽃

"가을빛 물든 언덕에 들꽃 따러 왔다가 잠든 날, 엄마야 나는 어디로 가는 걸까. 외로움 젖은 마음으로 하늘을 보면 흰 구름만 흘러가고 나는 어지러워. 어지럼뱅뱅 날아가는 고추잠자리"

조용필의 〈고추잠자리〉 한 대목이다. 나는 이 노랫말만큼 근사한 시가 또 없다고 생각한다. 이 노래를 들으면, 태어나 처음 자기존재의 근원과 죽음이라는 한계에 대해 본능적으로 감각한 한 소년의 두려움과 고독이 느껴진다. 노래에서부터 문학적, 철학적 사유가 촉발된다.

"사랑이란 게 지겨울 때가 있지. 내 맘에 고독이 너무 흘러넘쳐. 눈 녹은 봄날 푸르른 잎새 위에 옛사랑 그대 모습 영원 속에 있네"라고 노래한 이문세의 〈옛사랑〉도 그렇다. 이영훈이 쓴 노랫말은 한 편의 시다. 가사가 환기시키는 보편 정서와 '하얀 눈 하늘 높이 자꾸 올라가네' 같은 감각적 이미지는 좋은 시가 가져야 할 미덕으로 충분하다. 이런 경우 시와 노래 사이에는 종이에 인쇄되느냐 아니면 가수 목소리에 실려 나오느냐의 차이만 있게 된다.

한 문학평론가는 조용필 노래가 지닌 문학성에 대한 고

찰과 그의 전기를 담은 『조용필 평전』을 준비하고 있다. 이영훈의 『광화문 연가』와 루시드폴의 『물고기 마음』은 노랫말을 책으로 엮은 가사집인데 이미 7년 전에 출간된 바 있다. 류근 시인의 시 「너무 아픈 사랑은 사랑이 아니었음을」을 김광석이 부른 것이나 김남주의 시를 안치환이 노래한 것은 무척 잘 알려져 있다. 우리 시에 현대음악을 입혀 랩과 보컬, 댄스 퍼포먼스로 표현하는 '트루베르'의 음악을 나는 좋아한다. 플라시도 도밍고와 존 덴버 듀엣의 유사품이든 아니든 간에 박인수, 이동원이 부른 〈향수〉는 아름답다.

시와 노래, 문학과 음악은 경계를 넘나들며 상호 보완한다. 노래의 통속성이 인쇄문자의 엄숙함을 입어 정형 미학을 얻기도 하고, 문학의 경직감이 노래를 통해 한결 가볍고 편해지기도 한다. 나는 노래 부르는 것만큼이나 시 암송하는 걸 좋아하는데, 차를 타고 가면서 서정주의 「화사」나 「자화상」, 이성복의 「연애에 대하여」, 정지용의 「유리창1」, 전윤호의 「늦은 인사」 같은 시를 외우다 보면 목소리의 떨림과 굵기, 고저장단, 박자, '꺾기'가 신경 쓰인다. 시를 마치 노래처럼 대하는 것이다. 꼭 노래 부르는 기분이 든다.

기독교에서는 찬송을 '곡조 있는 기도'라고 표현한다. 문학적 수사와 철학을 담고 있는 노래를 곡조 있는 시라고 불러도 좋을 것이다. 고대 그리스에서 시와 음악은 하나였고, 중세시대 음유시인은 곧 가수였다. 조동진, 김민기, 정태춘 등 문학가들이 유독 좋아하는 가수들이 있다. 이들에게는 문학가들도 '노래하는 시인'이라든가 '시 쓰는 가객' 등 시인의 칭호와 대우를 쉽게 허락한다. 그런데 밥 딜런이 노벨문학상 받은 건 못마땅한 모양이다. 그의 노랫말이 시적이지 않아서, 문학적으로 뛰어나지 않아서 비판하는 건 수긍해도 대중음악가가, 가수가 어떻게 노벨상을 받느냐고 따지는 꼬장꼬장한 태도에는 동의할 수가 없다.

동일성의 원리로 타자성을 배격하는 폭력은 나치나 IS만 저지르는 것이 아니다. 지나친 순혈주의, 정통주의 역시 폭력이 될 수 있다. 이번 노벨문학상을 두고 문학의 굴욕이니 조롱이니 하며 탄식하는 사람들 모습에서 『장미의 이름』의 호르헤 수도사가 언뜻 보인다. 노벨문학상이 뭐 그리 대단한 것인가. 누가 받으면 또 어떤가. 상이 문학과 예술, 인간을 평가하는 기준이 될 수 있을까. 문학이 인간에게 정신의 풍요 또는 궁핍을 준다면, 밥 딜런의 노랫말은 충분히 문학적 기능을 하고 있다.

나는 내 마음의 노벨문학상 장사익 〈찔레꽃〉을 들으면서 가을처럼 깊어지는 중이다. "하얀 꽃 찔레꽃 순박한 꽃 찔레꽃 별처럼 슬픈 찔레꽃 달처럼 서러운 찔레꽃 찔레꽃 향기는 너무 슬퍼요 그래서 울었지 목 놓아 울었지 당신은 찔레꽃 찔레꽃처럼 울었지" 아, 울고 싶다. 나는 이보다 좋은 시를 쓸 수 없을 것만 같다.

# 강백수, 청춘의 노래

'강백수밴드' 단독공연이 열린 공연장은 50명 남짓 들어갈 공간에 80여 명의 관객들이 들어차 열기로 후끈했다. 모두 얼굴이 환하고 행동은 편했다. 의자에 앉거나 벽에 기대거나 선 채로 공연을 즐겼다. 맥주를 마시면서, 연인을 끌어안으면서 노래를 따라 부르고, 연주에 맞춰 몸을 흔들었다.

신이 난 강백수는 각종 현란한 춤까지 선보이며 관객들의 호응을 이끌어냈다. 흡사 영화 〈스쿨 오브 락〉의 잭 블랙 또는 쿵푸팬더, 전설적 베이시스트 아브라함 라보리엘을 연상케 했다. 재담도 수준급이어서 그가 입을 열면 웃음이 터져 나왔다. 같은 멘트라도 강백수가 하면 웃긴데, 신이 내린 'D자' 몸매와 임꺽정 형용임에도 어딘지 친근한 외모 덕분일 것이다. '백수와 조씨'로 초창기 활동을 함께한 '조씨'가 뮤지션이라고는 볼 수 없는 철도공사 직원 내지 반도체공장 작업반장 옷을 입고 무대에 올라 '남철-남성남' 급의 만담을 펼칠 때는 포복절도하는 이들마저 있었다. 그 '조씨'가 하모니카 연주로 강백수와 호흡을 맞출 때, 뮤지션의 광휘가 불꽃처럼 뿜어져 나오는 것에 감탄했다.

마지막 곡 〈아이해브어드림〉과 앵콜곡 〈삼겹살에 소주〉

가 울려 퍼지는 내내 모든 관객들이 노래를 따라 불렀다. 이른바 '떼창'이라는 것이 공연장을 들썩이게 했다. 공연이 끝나도 여운은 쉽게 가라앉지 않았다. 며칠 술을 참았다던 그와 근처 포장마차에서 새벽까지 술을 마셨다. 멋있었다고, 고생했다고, 고맙다고 이야기해줬다. 그의 음악과 술에 대책 없이 취해 집에 와 보니 코트 주머니엔 마늘쫑과 콩나물 몇 가닥이 들어 있었다.

강백수는 1987년 울산에서 태어났다. 고등학교 때 "밴드하면 여고 축제 무대에 오를 수 있다"는 친구의 꾐에 넘어가 음악을 시작했다. 그렇게 가난한 인디뮤지션의 길을 걷게 된 데 대한 소회가 〈하헌재 때문이다〉라는 곡에 담겨 있다. 인문학에 대한 관심과 글재주를 바탕삼아 한양대 국문과에 진학, 박사과정까지 공부를 하고 있다. 그가 쓴 노랫말에는 삶의 깊이와 통찰력, 시적 비유가 빛난다.

그는 흙수저 세대의 공통된 '찌질함'과 아픔, 꿈과 희망, 사랑을 노래한다. 그래서 청춘을 노래하는 뮤지션이다. "가수가 판검사를 어떻게 이겨"(〈벽〉)라고 부르짖거나 "어느 날 타임머신이 발명된다면 1991년으로 날아가 한창 잘나가던 30대의 우리 아버지를 만나 이 말을 전할 거야. 아버지 6년 후에 우리나라 망해요. 사업만 너무 열심히 하지 마요. 차라리 잠실주공5단지나 판교 쪽에 땅을 사요. 이 말을 전할 거야"(〈타임머신〉)라고 읊조릴 때, 가난한 청춘의 자화상과 IMF 세대의 슬픔이 환기된다. 그러나 현실의 비극에 주저앉아 패배를 수용하기보다 그마저도 유머와 추억으로 승화시키는 유쾌하고 따뜻한 시선이 그의 노래엔 있다. 강백수가 어떤 음악을 하는지는 이 한 곡의 노래를 들으면 알 수 있다. 〈울산〉의 노랫말을 옮기며 스탠드의 불을 끈다. 강백수, 청춘의 노래, 언제나 변함없기를.

"추운 겨울날 내 나이였던 꽃다운 우리 엄마가 나를 낳은 곳. 잔뜩 상기된 얼굴을 하고 가난한 우리 아버지가 달려오던 곳. 외할머니와 외할아버지가 자그마한 텃밭을 일구던 남창마을에 장이 열리면 외할머니 손을 잡고 종종걸음으로 다릴 건넜지. 외삼촌과 외숙모의 자그마한 식당이 있던 공업탑 로터리. 오빠야, 형아, 몇 밤 자고 가나 묻던 동생들이 살던 곳, 울산. 우리 엄마가 눈 감으시던 그 밤에 눈이 벌겋던 우리 외삼촌은 말했지. '엄마 없다고 외갓집을 잊고 살면 안 된다. 틈 날 때마다 울산에 오니라.' 세월이 흘러 외할머니도 외할아버지 따라 하늘로 돌아가시고 이른 나이에 외숙모마저 떠난 집을 외삼촌 홀로 지키시고, 오빠야 오빠야, 하얀 얼굴로 나를 졸졸 따라다니던 사촌여동생, 신랑을 만나 자그마한 핏덩이 하나를 기르는 곳, 울산."

# 일본과 처음 악수하다

홋카이도에 다녀왔다. 십수 년 전 유럽에 갈 때 도쿄를 경유하느라 나리타공항 호텔에서 하룻밤 잔 것 말고 제대로 된 첫 여행이었다. 너무 가까워 호기심이 안 생겼을까. 오랫동안 일본은 여행지로서 관심 밖이었다. 어쩔 수 없는 반일 감정과 '예의가 지나쳐 오히려 인간미가 없을 것'이라는 편견이 있었다. 볼 것도 먹을 것도 별로 없는, 그저 가까운 맛에 가는 여행지라고 무시하면서도 미시마 유키오의 『금각사』나 가와바타 야스나리의 『설국』, 아베 코보 『모래의 여자』 등을 전율하며 읽었다. 그러면서 내심 궁금해졌을까. 온천과 숙박이 결합된 전통 여관 료칸을 즐기며, 지루한 일상에 지친 눈을 설경에다 씻고 싶었다.

결론부터 말하자면, 환상적이었다. 인상적이었던 몇 가지만 소개한다. 일본의 친절과 예의에 대해서는 누구나 잘 알 것이다. 스노비즘적 태도이든 저자세이든 간에 여행자로서는 반가울 수밖에 없다. 낯선 도시를 친근하게 바꿔준 것은 삿포로역 근처 백화점 '에스타'의 엘리베이터 안내원이었다. 백발을 빗어 넘긴 노신사는 내가 일본어를 못 알아듣자 영어로 층별 안내를 해줬고, 내릴 때 허리를 숙이며 배웅의 말을 건넸다. 엘리베이터 문이 닫힐 때까지 미소 지었고, 그 미소는 일본의 첫인상이 되었다.

눈보라 맞으며 걷기 힘들어 택시를 몇 번 탔는데 가까운 거리라도 친절하게 운행해줬다. 스노타이어와 체인이 장착돼 있어 거침없이 달렸다. 친절한 서비스 정신과 함께 사고에 미리 대비하는 철저한 준비성까지 보았다. 외국인 여행자라고 해서 가까운 거리를 괜히 돌아가는 짓 따위 하지 않을 것이라는 신뢰감이 저절로 들었다. 신뢰의 여부는 태도가 결정하기 마련인데, 내가 탄 택시들은 모두 한결같았다. 연말연시나 악천후에 택시 잡기란 하늘의 별따기, 장거리 승객만 태우는 돼먹지 못한 승차거부가 만연한 서울 밤거리를 떠올리자 슬퍼졌다.

흰 운동화를 신고 삿포로와 오타루의 눈길을 푹푹 발이 빠져가며 걸었다. 그런데도 운동화가 새것처럼 하얬다. 4박5일 동안 쓰레기를 단 한 번 보았다. 그것도 투명한 비닐쪼가리였다. 깨끗함은 고요함 속에서 더욱 눈부시게 빛났다. 음식점, 선술집, 지하철 어디서도 시끄럽게 떠들거나 공공질서를 훼손하는 사람을 보지 못했다.

친절하고, 조용하고, 깨끗하고, 맛있고, 아름답고, 바르다. 문화사대주의가 아니다. 여행에서 감동받는 순간은 일상에서의 결핍이 충족되거나 혐오하던 풍경들과 대비되는 양상을 볼 때다. 내가 사는 동네는 산기슭인데 주말마다 만취한 등산객들이 고성방가와 노상방뇨하는 추태를 본다. 모텔과 술집이 밀집해 있어 밤낮 시끄럽다. 음식점에서 몰상식한 이들은 큰 소리로 욕설을 섞어가며 대화하고, '술자리 게임'이라든가 '건배 제의'로 소음 테러를 가한다. 그 꼴 보지 않으며 북해도의 미식과 맑은 술을 즐기니 수명이 느는 기분이었다.

일본에 대한 생각이 새로워졌다. 좋은 여행이었다. 여행 이전과 이후는 뭐라도 달라야 한다. 불호가 호감으로, 편견이 앎에의 호기심으로 바뀌면서 책을 몇 권 주문했다. 지금 이 글은 피상적 인상 묘사에 불과하지만 나는 그 단순한 인상들을 통해 일본과 악수하게 되었다. 어느 지역의 문화를 사랑하는 것은, 여행하는 것은 과거사나 정치와는 별개의 문제여야 한다.

여행객에게는 그가 여행한 지역이 곧 그 나라 전체다. 올림픽을 앞두고 평창이 지금처럼 해서는 곤란하다. 벽지 누렇게 뜨고 바닥에 곰팡이 핀 민박집이 하룻밤 수십만 원, 펜션은 백만 원을 호가한다. 그 돈이면 나는 태평양과 마주 보며 노천온천을 즐길 수 있는 노보리베츠의 료칸 리조트에 가 며칠 쉬다 오겠다. 이번에 체크아웃하면서 지배인에게 내 시집을 선물했는데 속지에다 이렇게 써줬다. "Here is paradise. Thanks for your kindness!" 천국을 만드는 것은 결국 친절과 예의다.

# Brava! 클라라 주미 강!

클라라 주미 강은 내가 가장 좋아하는 클래식 음악가다. 우아한 외모와 훤칠한 키, 그녀는 '바이올린계의 여신'이다. 클래식 팬들은 '세계를 홀린 바이올리니스트', '인류의 심장을 훔친 뮤즈'라고 칭송한다. 그러나 그녀의 진정한 아름다움은 환상적인 연주 실력에 있다. 물론 빛나는 외모는 연주를 더욱 극적으로 만들어 준다.

그녀는 단 네 줄짜리 바이올린으로 오케스트라의 소리를 낸다. 작은 들꽃의 맥박부터 지구에 구멍을 낼 듯 쏟아지는 이구아수 폭포까지 자유자재로 오간다. 가녀린 팔로 활을 켜 비발디 〈사계〉의 겨울 1악장을 연주하면 얼음 폭풍이 몰아친다. 나탄 밀스타인의 〈파가니니아나〉를 연주하면 무대에 나비 한 마리가 날아들고, 관객들은 나비를 쫓는 고양이가 되어 영혼이 점프하는 걸 체험한다. 그녀가 카리스마로 무대를 압도하고, 풍부한 표정으로 곡의 심상을 극대화하며 스스로 바이올린이 될 때, 나는 숭고미가 어떤 것인지 목격하게 된다.

2년 만에 국내 리사이틀을 한다는 소식을 듣고 가슴에 뭇별이 총총거리기 시작했다. 가장 좋은 좌석으로 예매하고, 가을바람에 흔들리는 나뭇잎보다 더 떨면서 공연 날만 기다렸다. 기다리는 시간은 왜 꼭 더디게 오는 것일까. 몇 주의 시간이 몇 년처럼 지루했고, 기다리다 나는 그새 늙어버렸다.

공연 날의 설렘은 내게 생기를 되찾아줬다. 청명한 가을 햇살을 밟으며 예술의전당으로 가는 발걸음이 통통 튀었다. 클라라 주미 강은 이번 리사이틀에서 이탈리아 피아니스트 알레시오 백스와 듀오를 이뤄 클로드 드뷔시, 페루초 부조니, 세사르 프랑크의 바이올린 소나타 그리고 외젠 이자이의 〈슬픈 시〉까지, 19세기말 유럽에서 서로 영감을 주고받으며 활동한 작곡가들을 중심으로 스토리텔링을 했다.

고요한 무대 위로 '바이올린의 여신'이 올랐다. 관객들의 참을 수 없는 박수와 경탄이 터졌다. 곧 연주가 시작됐다. 그녀가 연주하는 드뷔시의 소나타가 달빛을 실은 잔잔한 파도가 되어 객석으로 밀려들었다. 15분의 연주가 깊은 숨 한번 쉬듯 금방 지나갔다. 백년 동안 잠들어야만 열어볼 수 있는 꿈을 몰래 엿본 것일까. 지나치게 아름다운 걸 보면 두려워진다. 꿈에 갇혀버릴까 봐. 삶으로 돌아오지 못할까 봐.

부조니 소나타 2번이 정말 황홀했는데, 녹음본도 거의 없는 희귀한 곡이라고 한다. 그걸 듣다니 큰 행운이다. 알레시오 백스의 잔잔한 피아노 선율로 시작한 곡은 클라라의 바이올린과 함께 캄캄한 바닷속으로 내려갔다가 그녀가 격정적으로 활을 켜며 상승과 고조의 에너지를 만들 때, 어둠을 찢고 솟구쳐 올라 차고 맑은 북극광이 되었다. 그 빛은 관객들의 영혼을 감싸 안는 따스한 램프 불빛으로 금세 온도를 바꾸었다.

외젠 이자이의 〈슬픈 시〉가 연주될 때는 시 쓰는 사람으로서 괜히 우쭐했다가 내 시를 곡으로 풀어보면 어떤 소리가 날까 상상하니 우울해졌다. 연주를 듣는 내내 "오늘밤 나는 쓸 수 있다 가장 슬픈 구절을. 예컨대 이렇게 쓴다. 밤은 산산이 부서지고 푸른 별은 멀리서 떨고 있다 (…) 이제는 다른 사람 것이 되겠지 지난날의 키스처럼"이라고 노래한 파블로 네루다의 시가 머릿속에 자막으로 떠올랐다. 그녀의 바이올린이 곧 가장 슬프면서 또 가장 아름다운 시였기 때문이다.

프랑크의 소나타는 그녀의 장기, 4악장 절정부는 그야말로 뜨거운 태풍이었다. 역시 온몸으로 표현하는 서사의 힘이 대단했다. 얼마 전 태풍 콩레이가 유리창 깨부술 듯 밤새 두드리던 여수의 낡은 모텔방에서 묵었다. 세상이 온통 흔들리던 그 두려운 새벽보다 그녀의 연주는 더 강렬하게, 지상의 모든 사랑과 낭만을 휘몰아치며 왔다. 내 몸에서 열이 나고 땀이 맺혔다. 온몸이 떨렸다.

클라라 주미 강의 연주는 11월 같다. 봄보다 따사로운 순간이 있고, 겨울보다 차갑고 어두운 데가 있으며, 대개는 들뜨지 않고 차분하게 꽃과 낙엽, 단풍과 첫눈 사이를 오간다. 추수가 끝나도 들녘에 석양이 남듯, 그걸 보며 감사하는 사람의 마음이 남듯 연주가 끝나도 소리는 사라지지 않는다. 그래서 그녀 연주를 들으면 왜 아라파호 인디언이 11월을 '모두 다 사라진 것은 아닌 달'이라 불렀는지 알 것 같다.

커튼콜, 앙코르, 다시 커튼콜, 앙코르, 또 커튼콜, 앙코르, 커튼콜, 커튼콜, 커튼콜… 두 번째 앙코르 때 파가니니 〈라 캄파넬라〉의 익숙한 도입부가 나오자 객석에서 환호성이 콘서트홀 밖 음악분수처럼 시원하게 터졌다. 정말 축제 분위기였다.

이날 연주에서는 활털이 인상적이었다. 연주 중 활털이 한두 가닥 끊어지는 일은 흔한데, 이번 무대에서 유난히 드라마틱했다. 드뷔시 소나타 1악장 후반부에서, 끊어진 활털 한 가닥이 어둠 속에 가느다란 빛으로 선을 그리는데 와, 그 광경 정말 황홀했다. 더 멋진 건 그녀의 맹수 같은 몸짓, 알레시오 백스가 잠시 독주하는 사이 나풀거리는 활털을 확 잡아당겨 끊어버리는 동작이 마치 호랑이를 보는 듯했다. 활털은 다시 빛이 되었는데, 프랑크 소나타 4악장의 격정적인 연주를 끝내는 마지막 보잉과 함께 또 한 가닥의 활털이 끊어져 어둠 속에 나빌레라… 우연한 아름다움마저 다 그녀의 아우라였다.

알레시오 백스의 피아노는 생크림처럼 달콤하고 감미로웠다. 그런데 내 옆에 앉은 소년은 그 소리가 작게 들린 모양이다. “아빠, 피아노 소리가 작은 것 같아요.”라는 질문에 그 아버지는 이렇게 답했다. “피아노 소리가 작은 게 아니라 고양이가 달빛을 살금살금 밟듯이 조심스러운 거란다.” 무대만큼이나 객석도 아름다웠다.

공연 후 사인회에서 나는 마침내 후손에게 물려줄 가보

를 획득하게 되었다. 1936년에 100부 한정으로 발간된 백석의 『사슴』 초판본이 몇 해 전 경매에 나와 7천만 원에 팔렸는데, 이제 백석보다 더 귀한 시집이 내게 있다. 클라라 주미 강에게 사인 받은 내 1쇄 시집 『오늘의 냄새』다.

아아, 심장에 마취총을 쏘고 싶었다. 쿵쾅대는 가슴을 겨우 진정시키고 시집을 펼치며 "제가 쓴 책인데, 저 글 쓸 때 주미님 음악 많이 들어요." 용기내서 말도 잘한 내 자신이 기특하다. 뮤즈께서 "와, 정말요? 제가 어디서 이 책 찾아볼 수 있어요?" 하시길래 "선물로 드리려고 제가 쓴 책들 준비해왔어요!" 책 담은 종이백을 수줍게 건넸다. 그녀는 고맙다고, 잘 읽겠다고 했다. 인사하고 돌아서는데 출구가 어딘지도 못 찾겠고, 손이 떨려 주머니에 핸드폰도 못 넣겠고, 밖에 나와 한겨울처럼 떨었고, 달이 열개쯤 떠 있는 밤길을 헤롱헤롱 걸었다. 집에 와 와인 한 병을 혼자 다 마셨다. 꿈에서 다시 들으려면 그 방법밖에 없기 때문이다.

그녀는 2년마다 국내 리사이틀을 하겠다고 밝혔는데, 그렇다면 나는 내후년쯤 '오 나의 여신님'께 이 책을 선물할 수 있다. 그러려고 서둘러 글을 썼다. '팬심'은 가장 맑고 순수한 마음 아닐까?

"클라라 주미 강! 당신이 만든 아름다운 소리의 세상에서 우리는 영원히 행복합니다. 오래토록 당신의 연주를 듣고 싶어요. 항상 건강하길, 그리고 언제나 행복한 연주자이길 기도합니다. 다음 공연에서 만나요!"

# '도깨비' 가슴에 꽂힌 검

드라마 〈도깨비〉 인기가 대단하다. 만나는 사람마다 그 이야기다. 국정 농단 막장 드라마에 지친 국민들에게 청량감을 선사하고 있는 듯하다. 시청률이 높은 만큼 드라마 속 음악, 패션, 장소, 책, 음식 등 여러 가지가 다 화제다. 공유가 입은 롱코트가 요즘 남자들 사이에서 대유행이라는데, 공유가 입어서 멋진 거다. 옷 바꿔서 사람도 바뀐다면 얼마나 좋겠냐마는 공허한 몽유일 뿐이다. 엊그제 미용실 가서 디자이너 권유로 본의 아니게 공유 머리를 했다. 덥수룩하던 옆머리를 치고 가르마를 탔더니 도깨비는커녕 두꺼비가 됐다. 드라마와 현실의 괴리는 이토록 큰 것이다.

900년 동안 가슴에 검이 꽂힌 채 현세에서 고통받는 도깨비가 주인공이다. 그는 검을 뽑아 자신의 고통을 끝내줄 도깨비 신부를 만나야만 한다. 도깨비와 도깨비 신부는 여러 우여곡절을 겪으며 서로 사랑하게 된다. 대략의 내용은 이러하다. 너무 환상적이라 뜬구름 잡는 이야기로 여겨질 법한데도 대중의 공감을 얻고 있다. 스토리가 탄탄하고 캐릭터들이 입체적이기 때문이다. 하긴 시청자들은 요즘 현실이 더 드라마 같아서 웬만한 판타지는 별로 놀랍지도 않을 것이다.

드라마를 보고 있으면 도깨비 공유가 불쌍해 죽겠다. 시퍼런 칼날에 몸이 관통된 채 천년 가까이를 살았으니 말이다. 하루빨리 도깨비 신부가 검을 뽑아 그에게 평안과 휴식이 있기를. 그런데 가슴에 검이 꽂힌 도깨비에서 자꾸 내 모습이 보인다. 외모 이야기가 아니다. 나는 두꺼비다. 다시, 내가 보이고 내 아버지가 보이고 친구들이 보인다. 수많은 당신들, 우리들이 보인다. 모두들 눈에 보이지 않는 검 하나씩 가슴에 박힌 채 천년 같은 하루하루를 살아가는 중이다.

가난한 시인인 내게 날카로운 생계는 누가 뽑아줄 수도 없는 검이라서, 나는 매일 가슴을 붙잡고 삶과 문학 사이에서 비틀거린다. 나만 그런 게 아니다. 취업의 검, 입시의 검, 대출의 검, 승진의 검, 결혼의 검, 육아의 검 등 검도 여러 가지다. 가슴우리에 검이 열 자루 넘게 박혀 있는 사람도 있다. 간신히 하나 뽑았는데 또 다른 검이 훅 찔러 들어온다. 근심하던 일이 잘 풀려 마음의 짐 좀 덜었더니 갑자기 아이가 아프다. 밤낮으로 돈 벌어 이제 효도하려 하니 부모님이 안 계신다. 그 한스러운 검은 평생 가슴에 박혀 빠지지도 않는다. 안 그래도 고통스러운데 '최순실 특검'과 '조류독검'이 전 국민의 옆구리를 쑤신다. 세월호 유가족들 가슴의 검은 누가 뽑아줄 수 있기나 한 것일까.

우리는 모두 도깨비들이다. 걱정, 고민, 두려움, 분노, 슬픔, 절망, 체념에서 단 하루도 자유로울 수 없는 자들이다. 쉬고 싶다. 하루만이라도 근심 없이 행복해지고 싶다. 가슴의 검 뽑고 싶다. 사람이 먼저인 세상은 아직 오지 않았고, 내 꿈이 이루어지는 나라 대신 '헬조선'만 남았다. 저녁이 있는 삶도 요원하기만 하다. 누가 대통령이 되더라도 서민들의 삶은 크게 달라지지 않을 것이다. 정치인들은 결코 도깨비 신부가 될 수 없다.

피 흘리고 아픈데 나보다 더 아픈 사람을 향해 손을 뻗는 우리들이 서로의 도깨비 신부다. 검을 뽑으려면 서로 발 디디고 선 높이가 같아야 한다. 머리 위에 서서 검을 뽑으려는 수직의 정치는 민생을 아주 베어 절단 내겠다는 뜻이다. 국정이 어수선하고 경제가 어려운데 구세군 자선냄비에는 전년보다 5억 원이나 더 많은 성금이 모였다. 젊은 시인과 소설가들이 비가 오나 눈이 오나 매달 마지막 주 토요일에 '세월호 304 낭독회'를 여는 것도 이웃의 가슴에 박힌 검을 뽑는 일이다.

회사에서 나와 김밥 장사를 시작한 친구가 얼마 전 나를 포장마차로 불러 따뜻한 국물과 생선구이를 배불리 먹였다. 나보다 더 지갑이 얇을 텐데, 검 하나 빠진 자리에 마음의 빚이 박혔다. 이런 따뜻한 검이라면 얼마든지 꽂아둘 수 있다. 오늘 저녁엔 내가 친구에게 닭발과 소주를 사야겠다.

# 그립다, 그 시절 그 언어

언어는 하나의 약속이다. 요즘 같은 계절을 '가을'이라 부르기로 합의한 사람들끼리 살아가고 있다. 사람들이 모이면 사회를 이루고, 그 사회에서 언어가 발생한다. 그 언어를 기반으로 문화권이 만들어진다. 작은 지역사회들이 여럿 모여 국가가 되는데, 부분과 전체 사이에서 약속의 체계가 때로 흔들리기도 한다. 지역마다 방언이 있어 같은 모국어 계통의 언어를 사용하더라도 의사소통에 불편이 생기는 것이다. 그걸 방지하기 위해 표준어와 공용어를 정해두고 있다.

지역 방언도 있지만 세대 방언도 존재한다. 특정 세대가 주로 사용하는 특정한 언어가 세대 방언이다. '프로불편러'(유난히 불편함을 잘 표현하는 사람), '순삭'(순간삭제), '팬아저'(팬이 아니어도 저장) 같은 SNS 신조어와 유행어들이 그렇다. '아재 개그'는 물론이고, '사우나'(사랑과 우정을 나누자), '청바지'(청춘은 바로 지금부터)류의 건배사도 세대 방언이다. 학교나 군대, 직장에서만 통하는 언어는 집단 방언 또는 사회 방언이라고 할 수 있다.

내가 쓰는 말이 예전과 다르다는 걸 문득 체감할 때, 나이가 들고 어른이 되었음을 깨닫게 된다. 친한 선배의 연극

공연을 축하하러 가는 길에 “빵이라도 하나 사 가야 하지 않을까?”라고 말해버리고 말았다. 같이 있던 후배가 충격을 받은 듯 한동안 말이 없었다. 케이크를 ‘빵’이라 부르고, 아이스크림을 ‘하드’라 칭하는 세계로 나는 이미 들어섰다. 치킨이 ‘통닭’인 그 세계, 심지어 음악 앨범을 ‘판’이라고 했으니 이제 끝났다. 더 이상 ‘신세대’가 아니다.

고향 떠난 사람들이 가장 외로움을 느끼는 순간은 말이 통하지 않을 때다. 평생 쓰던 말로 어느 누구와도 대화할 수 없어 깊은 무력감에 빠진다. 벽을 보고 대화하기에 이르면 세상에 혼자 남겨진 존재가 된다. 언어를 잃는 그 고통을 꼭 유학이나 이민, 상경 또는 귀농귀촌이 아니더라도 우리는 삶에서 꽤 자주 겪는다. 개인과 개인, 가족, 친구 등 최소단위의 사회 안에도 방언이 발생하기 때문이다.

할아버지는 생전에 ‘쇠때’(열쇠), ‘모자과자’(꼬깔콘), ‘소리 나는 거’(탬버린) 같은 말을 쓰셨는데, 돌아가시고 나니 더 이상 그 말들을 들을 수 없다. 할아버지와 내가 쓰던 언어들은 그렇게 사멸했다. 유년 시절 동네 친구들 사이에서만 쓰던 말들도 있었다. ‘울트라캡숑’, ‘야도’, ‘데덴찌’ 같은 정체불명의 언어로 서로 통하던 그 친구들은 다 어디로 갔을까. 메신저에서 모든 문장마다 물음표를 붙여 보내는 엄마의 특수한 언어 용법도 나중 언젠가는 볼 수 없겠지. 사람이 사라지면 그가 쓰던 말들도 세상에서 사라진다.

그러므로 언어를 잃는다는 것은 곧 사람을 잃었음을 의

미하며 어느 한 시절과도 완전히 작별했음을 뜻한다. 연인끼리 사용하는 언어만큼 난해하고 남우세스러운 것도 없다. 연인 방언이라는 용어를 추가해야 할 판이다. 어떤 말들은 방언도 아니고 주술이나 비명, 효과음에 가깝지만 막상 자기들은 다 알아듣는다. 언어가 가진 신비한 힘이다.

'끄앙', '춉춉', '몽닝', '헐퀴', '와타', '뿌' 같은 말도 안 되는 말들로 종일 대화해도 서로 다 알아듣던 시절이 내게도 있었다. 이제는 그 우스꽝스런 말들을 들어줄 사람도, 내게 들려줄 사람도 없다. 우스꽝스럽지만 사랑스럽기도 한 언어였다. 그 언어들이 환하게 밝히던 시절에 불 꺼진 지 오래다. 혼잣말 해보고, 메신저에 써보기도 했지만 사람도 시절도 다시 돌아오지 않는다. 그 모든 말들은 이제 세상에 없는 언어다. 개떡같이 말해도 찰떡같이 알아듣는 관계가 하나씩 없어질수록 자꾸 외롭고 서러워진다.

가족, 친구, 연인과 나누는 일상의 대화에는 반드시 방언이 존재한다. 언젠가는 듣고 싶어도 들을 수 없고, 말하고 싶어도 말할 수 없는 그 언어를 나는 더 사랑하려 한다.

# 나에게 남겨진 너의 의미

겨울의 칼바람처럼 싸늘하고 날카로운 소식 하나가 날아들었다. 배우 김주혁이 불의의 교통사고로 세상을 떠났다는 부음(訃音)이다. 한낮의 도심에서 그가 탄 차량은 앞차와 경미한 충돌 후 인도로 돌진해 아파트 단지 계단 아래로 추락했다. 난간이나 가로수를 들이받고 멈출 수도 있었을 텐데, 야속한 네 바퀴는 하필 계단 아래를 향해 굴러갔다. 불운이고 또 비운이다.

동료 연기자와 영화인, 방송인들은 물론이고 스크린과 티브이를 통해 그의 모습을 오래 봐왔던 국민들까지 모두 충격과 슬픔에 빠졌다. 불과 사흘 전 한 시상식에서 "연기 생활 20년 만에 처음 상을 받는다. 하늘에 계신 부모님께서 주신 것 같다"며 상기된 얼굴로 생의 가장 찬란한 순간을 감격하던 사람이었다. 삶과 죽음이 서로 멀리 떨어져 있는 것 같아도 죽음은 늘 반걸음 뒤에서 삶을 따라온다. 우리는 모두 살면서 죽고, 죽으면서 산다는 사실이 새삼스럽다.

배우 김주혁의 연기를 처음 본 것은 영화 〈싱글즈〉에서였다. 그를 세상에 알린 드라마 〈카이스트〉를 보지 못한 탓에 그가 배우로서의 존재감을 이미 나타내던 무렵에야 김주혁이라는 이름을 알게 됐다. 이후 〈광식이 동생 광태〉에서 그가 연기한 소심한 남자 '광식'에게 나를 투영하면서, 그는 내 이십 대의 한 자화상이 되었다. 영화 속 광식이처럼 짝사랑만 하며 연애 한 번 못하던 시절이다.

가장 강렬한 인상으로 남은 역할은 〈청연〉에서의 '한지혁'이다. 동경 유학생인 지혁은 일본군 장교로 복무하던 중 훗날 한국 최초의 여성 비행조종사가 되는 '경원'(장진영 분)과 사랑에 빠진다. 행복의 나날도 잠시, 일본 정부 요인 테러 사건을 주도한 저격범과 친구 사이라는 이유로 지혁은 물론 경원까지 함께 끌려가 모진 고문을 받는다. 지혁은 사랑하는 여인을 살리기 위해 자신이 '조선적색단원'이며 경원은 그 일과 무관하다는 허위 자백을 하고 홀로 사형당한다. 그러나 지혁의 유골을 품에 안고 조선을 향해 비행하던 경원마저 추락 사고로 죽음을 맞는다. 주검이 되면서까지 연인을 지키려 했던 지혁의 처절한 눈빛과 경원이 사라져 간 서쪽 하늘 석양이 지금까지 뇌리에 박혀 있다. 극중에서처럼 두 주연배우 모두 짧은 생을 살다 세상을 떠났기에 더욱 가슴 아프게 기억되는 영화다.

김주혁은 진지하고 열정적인 연기자였다. 우리는 그가 연기한 인물들을 통해 우리와 함께 살고 있는 수많은 '사람'들의 얼굴을 보았다. 울고, 웃고, 분노하고, 절망하고, 감격하고, 억울해하고, 두려워하고, 용기 내는 얼굴들을, 소심하고 못난 형을, 희생적인 남편을, 매력적인 연인을, 옆집 아저씨를 보았다. 연기가 아닌 인간 김주혁을 좀 더 볼 수 있던 예능 프로에서는 '이런 사람이 곁에 있으면 참 좋겠다'는 생각이 들 만큼 그는 따뜻하면서 유쾌하고 또 진솔했다. 20년간 활동한 배우로서, 또 한 사람의 개인으로서 그는 우리 기억 속에 다양한 '얼굴'로 각인되어 있었다. 그래서일까, 마치 여러 이웃들이 한꺼번에 세상을 떠난 것만 같은 슬픔과 황망함이 몰려왔다.

시간은 무심하게 빠르며, 세상은 끝없이 분주하다. 중요한 일들로 넘쳐나는 우리 일상은 금방 슬픔의 자리를 떠났다. 실시간 검색어에서 그의 이름이 어느새 사라지고, 우리는 또 다른 영화와 배우들에게 환호한다. 어쩌면 그것이 가장 자연스러운 추모의 형식인지도 모른다. '동물원'의 김창기가 김광석 죽음 이후 만든 노래 〈나에게 남겨진 너의 의미〉가 떠오른다. "또 나의 삶은 아주 말끔히 포장되고, 우리의 추억은 멀어지고, 모두 제 갈 길을 떠나고, 아침 출근길에 문득 너의 노래를 들으며 아주 짧은 순간 호흡이 멈춰질 듯하지만, 난 단지 날 가끔 내가 원하던 대로 봐주던 널 잃었다는 것이 안타까웠을 뿐인걸." 우리가 보길 원하는 다양한 사람의 얼굴을, 울고 웃으며 최선을 다해 보여주던 이를 잃었다는 것이 안타깝다.

# '100세 시대', 축복과 재앙 사이

얼마 전 '심폐소생술 거부 서약서'에 환자 보호자 동의 서명을 했다. 할머니께서 지난해 고관절 골절 수술 후 1년 반째 요양병원에 계신다. 위독하신 것도 아니고, 모든 환자에게 서약을 받는 병원의 행정적 절차였지만 마음이 무거웠다. 서약서에는 "환자의 상태 악화 시 생명 유지를 위한 심폐소생술(기관 내 삽관, 인공호흡기, 심장 마사지) 처치의 시행을 하지 않을 것을 요청합니다"라고 적혀 있었다. 애써 떠올리지 않으려 했던 슬픈 풍경들이 그려졌다. 그 순간이 왔을 때 할머니는 과연 연명치료를 원하실까. 여쭤보진 않았지만 알 수 있다. 분명 원치 않으실 것이다.

어느 영화에서 이런 대사를 들었다. "더 이상 살아야 할 이유가 없을 때 인간은 비로소 죽는다"라는. 얼마 전 호주의 학자 데이비드 구달이 104세의 나이로 세상을 떠났다. '스스로 선택한 죽음'이 화제가 됐다. 그는 안락사가 허용되는 스위스로 가 가족들이 지켜보는 가운데 '고통 없이 죽을 수 있는 약'이라 불리는 넴뷰탈 정맥주사 밸브를 직접 열었다. 20년 전 고령이라는 이유로 운전면허가 취소된 후부터 '혼자 움직일 수 없다면 죽는 게 낫겠다'고 생각했다 한다. 삶에서 여행이 박탈된 순간 더 살아야 할 이유마저 잃은 것이다.

그는 사회와 질병이 더 간섭하기 전에 스스로 죽음을 택했다. 내가 나를 어찌할 수 없게 되기 전에, 육체가 나를 배반하여 내가 나를 움직일 수 없게 되기 전에 삶을 끝냈다. 죽음의 순간 베토벤의 〈환희의 송가〉가 울려 퍼졌다. 그 기사를 읽고 나는 너무나 통쾌해 박수를 쳤다. 죽음의 체면이 구겨졌다. 인간이 두려워하는 죽음이 아무것도 아니게 됐다. 인간의 굴종을 즐기는 오만한 죽음에게 통곡과 음울한 장송곡 대신 환희의 송가라니!

이길 수 없는 죽음을 이기는 법, 이 역설의 가능성을 구달 박사에게서 보았다. 인생을 마치 야구 선수가 은퇴하듯 그만뒀다. 2군을 전전하며 구차하게 선수 생명을 유지하다 등 떠밀려 유니폼 벗은 게 아니고, 아직 근사할 때 자신의 마지막을 직접 결정했다. 죽음이 인간을 무릎 꿇려 데려가기 전에 인간이 먼저 죽음을 향해 당당하게 걸어간 것이다. 죽음의 외적 현상일 뿐인 부재와 소멸에 겁먹지 않는 의연함이 없으면 못할 일이다. 나는 죽음보다 '산송장'이 되는 것이 더 두렵다. 살아 있어봤자 할 수 있는 일이 전혀 없게 됐을 때 죽음을 택하지 않을 이유는 없다.

무의미한 연명치료로 호흡만 겨우 유지하는 억지 장수까지 평균 수명에 포함시킨 '100세 시대'는 축복이 아니라 재앙이다. 우리 인생만 해도 죽음이라는 바윗돌을 등에 짊어지느라 불안하고 초조한데, 사회마저 죽음으로 인한 피로도가 높다. 연명치료에 들어가는 의료비와 인력은 물론이고 과도한 장례 비용과 절차, 묘역이나 납골당 등 시설에 소비되는 제반까지 다 죽음을 지나치게 두려워하고 또 무겁게 여기는 풍조 때문이다. 죽음의 공포와 엄숙함에서 조금 벗어날 필요가 있다. 자꾸 외면하고 격리시킬 것이 아니라 삶 안으로 불러들여 친해져야 한다. 몇 해 전 오스트리아 비엔나 도심 중앙묘지의 가로수길을 걸으며 느꼈던 청량감과 편안한 휴식의 기쁨을 잊을 수 없다. 죽음의 슬픔과 두려움에 함몰되지 않을 때, 현재의 삶을 긍정적으로 영위하는 건강한 생명력도 생겨난다.

우리나라에서도 데이비드 구달 같은 사례가 생길 수 있을까. 지난해부터 시행된 존엄사법이 '웰 다잉' 문화 확산의 첫걸음일 것이다. 나는 요즘 한국판 〈환희의 송가〉를 즐겨 듣는다. 인디 뮤지션인 씨 없는 수박 김대중의 〈요양원 블루스〉라는 곡인데, 경쾌해서 어깨가 들썩거린다. 요양원 환자인 한 할머니가 무시로 흥얼거리는 정체불명의 노래를 편곡한 것이다. "다 살았네. 다 살았어. 나이는 많고 다 살았네. 죽을 날만 기다리니 얼쑤. 어서어서 죽어 저승으로 가서 우리 아들딸 훨훨 날게 해주시어 주여." 죽음도 환희와 희망이 될 수 있다.

# 우리들은 없어지지 않았어

또 한 해를 살았다. 매년 이맘때가 되면 스스로가 대견해서 뭉클하다. 큰돈을 벌거나 대단한 성공을 거둔 건 없다. 사는 형편은 지난해나 마찬가지고, 여전히 미혼이다. 살이 더 쪘고, 지난해보다 못생겨졌다. 눈에 띄게 진보하고 발전한 것 없지만 감격스럽다. 어떻게든 살았고 지금 살아 있다. 그게 눈물겹도록 기쁘다.

얼마 전, 지인들과 함께 올해 좋았던 일과 나빴던 일 세 가지씩을 이야기해보는 시간을 가졌다. 나빴던 일이 좀처럼 떠오르지 않는 반면, 좋았던 일은 너무 많아 교묘하게 두세 개 묶어 발표하는 꼼수를 썼다.

신문에 매주 칼럼 쓴 것과 문학상 수상 등 글로 이룬 나름의 성과들을 묶어 3위에 올렸다. 이 글이 50번째 칼럼이다. 펑크 없이 50주를 왔다. 처음 연재를 시작할 때, 많은 약속들로 이뤄진 여정이라 생각했는데 다행히 한 번도 어기지 않았다. 자축할 일이다. 매주 칼럼을 쓰다 보니 시나 비평 등 문학적 글쓰기에도 순기능이 된 것 같다. 문학상 상금으로 빚도 갚고 밀린 방세도 냈다.

박사과정을 수료한 것과 모교에 시간강사 출강하게 된

것을 '학문적 경사'라고 거창하게 이름 붙여 2위에 올렸다. 더는 등록금을 내지 않아도 돼서 벌써 부자가 된 듯한 기분이다. 모교에서 학생들을 만나는 일은 봄과 가을 내내 삶의 활력소가 되었다.

좋아하는 것들을 맘껏 누린 '취미의 폭발적 중흥'을 1위로 꼽았다. 그 맛에 살았다. 2월엔 북극해가 파도치는 노르웨이 트롬소 해변에 텐트 치고 자면서 낚시로 대구를 낚았다. 매화 피는 봄부터 단풍 가을까지 섬진강으로 매주 쏘가리 낚시를 갔다. 내친김에 노와 오리발로 이동하는 밸리보트를 사서 큰 호수 구석구석을 누볐다. 바다낚시도 자주 했고, 제주도에도 두 번 다녀왔다. 그 사이 차는 5만km를 주행했다. 사회인야구 리그에서 우승의 기쁨을 맛보았고, 투수 3관왕에 오르는 기염을 토했다. 취미가 삶을 끌고 왔다. 내년에도 이렇게 살고 싶다.

따지고 보면 나빴던 일도 많다. 지금은 회복했지만 건강이 좋지 않았다. 더 내려갈 데도 없는 신용등급은 끝내 더 하락했다. 여러 도전에서 실패했고, 꼭 되었으면 하는 일은 거절당하거나 아예 기회도 주어지지 않았다. 나에게서 멀어지는 마음들을 끝내 붙잡지 못하기도 했다. 하지만 자연재해나 재난, 전쟁, 사고, 불치의 병을 겪은 것도 아니다. 범죄자로 전락하거나 억울한 누명을 쓴 일도 없다. 가족을 잃지도 않았다. 하긴 몇 해 전 큰 교통사고로 다리 두 군데가 으스러졌을 때도 불행한 일이라 생각하지 않았으니, 생을 긍정하고 낙관하는 건 천성인지도 모르겠다.

"1년 내내 고생해 거두어 반쯤 말린 포도가 한 아름씩 물에 휩쓸려 내려가는 광경을 보았다. 통곡 소리가 더 커졌다. 나는 문간에 서서 수염을 깨물던 아버지를 보았다. 어머니가 그 뒤에 서서 훌쩍훌쩍 울었다. '아버지.' 내가 소리쳤다. '포도가 다 없어졌어요!' '시끄럽다!' 아버지가 대답했다. '우리들은 없어지지 않았어.' 나는 그 순간을 절대로 잊지 못한다. 나는 그 순간이 내가 인간으로서의 위기를 맞을 때마다 위대한 교훈 노릇을 했다고 믿는다."

니코스 카잔차키스 『영혼의 자서전』의 한 대목이다. 죽고 병들고 저 하나 어쩌지 못하는 인간이 실존 한계와 싸우며 몸부림치는 모습에 나는 늘 감동한다. 재해, 가난, 병, 죽음 등 인간을 왜소하게 만드는 모든 불행 가운데서도 먹고 마시고 웃고 노래하고 사랑하는 인간의 인간다움은 위대한 것이다.

세상은 어수선하고 캄캄해도 나는 아직 나로 살아 있다. 작년보다 더 나은 사람이 되었다는 생각이 들 만큼 한 해를 잘 살았다. 세상은 멈추고, 때로 후퇴하고, 또 때로는 침몰하지만 나는 움직이고, 나아가고, 가라앉지 않았다. 지금 살아 있다는 것보다 더 분명한 증거는 없다. 모든 게 다 없어져도 나만은 없어지지 않았다. 우리들은 없어지지 않았다. 이 밤 지나면 새해 첫날이다. "바람이 분다. 살아봐야겠다."

# 우리들은 없어지지 않았어

초판 1쇄 발행 2019년 1월 14일
2쇄 발행 2019년 7월 23일

지은이 이병철
펴낸이 강수걸
편집장 권경옥
편집 윤은미 이은주 강나래
디자인 권문경 조은비
펴낸곳 산지니
등록 2005년 2월 7일 제333-3370000251002005000001호
주소 부산시 해운대구 수영강변대로 140 BCC 613호
전화 051-504-7070 | 팩스 051-507-7543
홈페이지 www.sanzinibook.com
전자우편 sanzini@sanzinibook.com
블로그 http://sanzinibook.tistory.com

ISBN 978-89-6545-575-2 03810

* 책값은 뒤표지에 있습니다.
* 이 도서의 국립중앙도서관 출판예정도서목록(CIP)은 서지정보유통지원시스템 홈페이지(http://seoji.nl.go.kr)와 국가자료공동목록시스템(http://www.nl.go.kr/kolisnet)에서 이용하실 수 있습니다.(CIP제어번호: CIP2018042828)